KB177955

조금
다르게
살아도
괜찮아

조금
다르게
살아도
괜찮아

박철우 지음

다연
DAYEONBOOK

INTRO

　나는 변하는 사람입니다. 어제는 맞았지만 오늘은 틀릴 수 있습니다. 변덕쟁이라서가 아니라 하루하루 세상을 배워가는 중이라서 그렇습니다.

　한때 내 생각이 다 옳다고 믿던 때가 있었습니다. 나는 정답을 말하는 사람이고, 받아들이지 못하는 상대가 잘못이라고 생각했습니다. 모든 걸 강요했고, 내게 맞춰주길 바랐습니다. 혼자 있는 시간이 길어지면서 알게 됐습니다. 내가 강요했던 건 정답이 아닌 내 아집이었음을……

　아집이 고집이 되던 날, 진한 외로움을 느꼈습니다. 그때 다 부서져가는 의자 하나가 눈에 들어왔습니다. 페인트가 벗겨진, 앉았다가는 10분을 못 버틸 것 같은 저 의자도 누군가는 심혈을 기울여 만들었겠지 싶었습니다. 이런 의자에도 의미가 있는데, 하물며 내 삶이 그리 쓸모없지만은 않을 것 같았습니다.

염치없지만 이런 아집이 누군가에게는 달콤한 기억으로 간직되길 바라면서 한 문장씩 써 내려갔습니다. 여물지 못한 시간을 지나 두 줄의 나이테는 그렇게 깊어져만 갑니다.

박철우

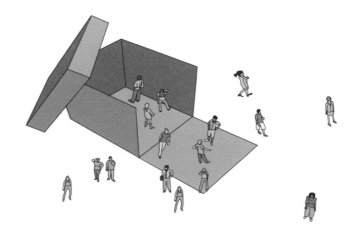

차례

INTRO 4

180도 10 • 보폭 12 • 쇼핑 16 • 노력 18 • 낭비 19 • 일상 20 • 완벽주의자 24 • 사명감 25 • 소리 28 • 선택 30 • 배터리 34 • 뒷모습 1 36 • 절벽 40 • 아어 41 • 모래사막 44 • 볼펜 46 • 청바지 50 • 부모님 51 • 밑반찬 54 • 불완전 56 • 점 59 • 2등 60 • 브랜드 62 • 불 64 • 본능 68 • 먼지 69 • 어른 72 • 고정관념 73 • 이성적 판단 76 • 인과관계 78 • 열쇠 80 • 바나나 84 • TV 85 • 매력 89 • 먼지 90 • 가시 92 • 믹스커피 1 96 • 블라인드 98 • 20대 101 • 결핍 102 • 행복 106 • 비판 107 • 뒷모습 2 110 • 설렘 111 • 주름살 114 • 등산 115 • 농구공 118 • 내일 120 • 배 123 • 수요일 124 • 4.16 128 • 빗방울 130 • 이온음료 132 • 불만 133 • 헌옷 수거함 137 • 틈 138 • 에스프레소 141 • 초

라한 순간 144 • 초등학생 146 • 버스 148 • 모바일 버전 151 • 믹스커피 2 152 • 골키퍼 156 • 지식 158 • 숟가락 161 • 일회용품 162 • 한 걸음 166 • 주변 환경 167 • 단추 172 • 솜사탕 174 • 존재 176 • 주사위 178 • 칫솔과 치약 182 • 도마 183 • 예술가 188 • 소고기 189 • 컴퓨터 192 • 노력 194 • 평균 198 • 머그컵 200 • 권리 202 • 만족 206 • 흑연 207 • 지름길 211 • 아메리카노 212 • 양말 214 • 인정 217 • 부침개 218 • 할 일 222 • 안경 224 • 걱정 226 • 자전거 229 • 헤이즐넛 230 • 덕 232 • 비탈길 236 • 수도꼭지 238 • 가방 242 • 선글라스 243 • 벼랑 끝 248 • 구글 250 • 센 불 254

인생이라는 도화지는 자신만이 색칠할 수 있는 거 아닐까요?
여백을 한군데씩 채워나가다
마지막에야 누가 더 아름다운 인생을 살았는지
그때 알 수 있을 거예요.

180도

남들은 직선으로 달리고
나만 돌아가는 것 같다면
조금만 더 돌려
180도까지 틀어보세요.

첫걸음을 내디뎠던
바로 그 방향이 돼요.

보폭

모든 사람의 보폭이
같을 수는 없습니다.

뒤에서 걷는 이가
존재하는 필연적 이유입니다.

중요한 건
뒤에서 걸을지언정
뒤처지지 않는 것입니다.

+

+

　사실, 나는 누구보다 '빨리'에 대한 강박이 심합니다. '빨리'를 내려 놓으면 뒤처질 것 같아서 불안해요. 초등학교 4학년 때부터 농구 선수 를 했었는데, 그땐 늘 열등했어요. 집이 잘살지 못해서 농구화 한번 신 어보지 못했고, 운동신경이 좋은 것도 아니라서 빨리 배우지 못했어 요. 하루는 후배가 들어왔는데, 한 달 배우고선 곧잘 하는 거예요. 그 모습이 너무 부러웠고, 불안했어요. 그래서 늘 빨리 해야 한다, 빨리 해서 그리고 또 잘해서, 주전 선수가 되고 인정받는 사람이 되어야 한 다는 강박이 있었거든요. 돌이켜보면 이 성격이 인생에서 반은 득이 었고, 반은 실이었던 같아요.

　사람이 모든 일을 잘할 순 없잖아요. 모든 일에 재능 있는 사람이라 면 그는 이미 사람이 아니거든요. 어렸을 땐 그 사실을 몰라서 기가 죽었어요. 농구를 좋아했지만, 농구에 특출한 재능을 발휘하지 못했 던 것뿐! 그런데 하고 싶었어요. 달리기가 너무 느려서 매일 감독님한 테 꿀밤 맞은 기억밖에 없지만……

　5학년 때 친구들은 전부 주전 선수였는데 나만 6학년 형들한테 밀 려서 후보 선수였어요. 센터는 키가 크고 덩치가 좋아야 해요. 아무래도 한 살 많은 형들이 나보다 체격이 좋았던 거죠. 주전이 되고 싶은 데 달리기는 아무리 연습해도 힘들겠다 싶어서 슛 연습을 엄청 했어요. 그때 슛을 던진 게 지금 생각해보면 묵묵히 뒤에서 걷는 연습을 한 것이었는지도 모르겠어요. 그때 비관해서 주전 선수가 될 수 없다고 생각했다면, 삶은 늘 실패의 연속이었을 거고 글 쓰는 지금의 모습도 없었을 거예요. 부모님 몰래 농구부에 들어간 게 인생에서 몇 안 되는 잘한 짓인 것 같아요.

살면서 매번 리더일 수는 없을 거예요. 하지만 꼭 하고 싶은 일이라면 뒤에서 걸을지언정 뒤처지지 않는 노력을 해보려고요. 1등은 아닐지 몰라도 어제보다 나은 오늘의 모습일 거라는 것, 믿어 의심치 않아요.

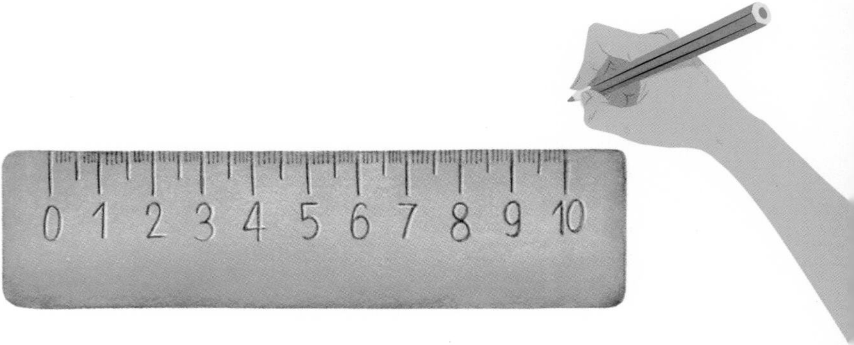
0 1 2 3 4 5 6 7 8 9 10

쇼핑

쇼핑할 때
자존감 낮은 사람은
브랜드를 따지고,
자존감 높은 사람은
사이즈를 따집니다.

노력

노력이
결과를 바꿀 순 없습니다.

단지 과정만 바꿀 뿐입니다.

낭비

낭비란
아이패드를
화면 큰 아이폰으로
사용하는 것.

일상

일상이 지루한 이유는,
행복은 미래에 두고
고통은 늘 현재에 두기
때문입니다.

둘을 서로 바꾸면
조금은 덜 힘든
일상이 되지 않을까
싶습니다.

'명문대 졸업해도 취업난', '은퇴를 앞둔 50대, 자식한테 다 퍼주고 남은 게 없어 서럽다'……. 연일 땡땡 세대 힘들다는 기사가 쏟아져 나오지만 따지고 보면 힘들지 않은 세대가 어디 있을까요? 사람마다 나름의 고충이 있게 마련이고, 그래서 나의 세대가 제일 힘들지 싶어요.

10대는 학교 진학 때문에 힘들고, 20대는 취업 준비로 힘들고, 3040세대는 가정과 집안경제의 안정 문제로 힘들고, 5060세대는 노후 준비 때문에 힘듭니다. 이렇게 글을 쓰고 있는 나도 막상 현실 속에선 늘 걱정을 안고 사는 위태로운 청년에 불과한걸요. 세대별로 쭉 살펴보니, 아무리 열심히 살아도 이번 생에 걱정 없이 살기란 틀린 것 같죠. 내일만 바라보고 사는 이 지저분한 뫼비우스의 띠를 이제는 끊어내야 할 거 같아요. 행복의 기준을 오늘에 두는 거죠.

어렸을 때부터 이상하게 다리가 아팠어요. 나중에 알았지만 강직성 척추염이라는 난치성 불치병 때문이었어요. 허리와 다리에서 염증이 퍼지면 너무 아파서 걷기는커녕 침대에서 일어날 수도 없어요. 심지어 뼈를 파괴하기도 하죠.

사람들은 내 병을 동정 어린 눈빛으로 바라보기도 하지만, 어쨌든 개인적으로 감사한 점이 많아요. 멀쩡하게 잘 있다가도 다리가 아파서 한 걸음 내딛기 힘든 날이면 꼭 카페를 찾아가요. '이 커피 한 잔이 멀쩡하게 걸어와서 마시는 마지막 커피가 될 수도 있겠다'는 생각이 들거든요. 그 순간만큼은 욕심이 없어지니, 모든 것이 감사할 따름입니다. 병 때문에 하루를 감사하게 살고, 병 때문에 오늘 행복하게 사는 법을 배우니, 병이라는 존재가 썩 나쁜 것만은 아닌 듯해요.

완벽주의자

파란색을 좋아한다고 해서,
온 세상을 파랗게 만들 순 없습니다.

파랗게 만들 수 있는 범위를 정하는 것,
그 정도에서 만족할 줄 아는 것,
노란색을 보며 스트레스받지 않는 것.

완벽할 수 없음을 인정하는 건
나를 만족시키는 소소한 방법입니다.

사명감

존 F. 케네디가 나사에 방문했을 때
한 청소부에게 물었다고 합니다.
"당신은 무슨 일을 합니까?"

청소부가 답했습니다.
"인간을 달에 보내는 일을 돕고 있습니다."

사명감이란 거창한 일을 한다고
생기는 것이 아닙니다.

내가 믿는 정의를 실현하는 것,
그게 사명감인 것 같습니다.

직업에 귀천이 없다지만, 당당하게 내밀 명함을 갖고 싶은 건 어쩔 수 없는 욕망인 거 같아요.

대학교 졸업을 미루고 취업 재수한 친구가 있습니다. 어느 날, 소주 한잔하자는 친구 전화를 받고 대학로에서 만났어요. 목소리만 들어도 딱 알잖아요. 이유 없이 우울한 목소리로 전화 걸 턱이 없기에 먼저 근황을 묻기가 조심스러웠어요. 어색한 분위기를 눈치챘는지 친구가 먼저 털어놓았어요.
"나 쿠팡맨 한다."

취업 준비를 더 한다 해도 학벌 때문에 번듯한 곳 취업하긴 힘들 것 같고, 연봉도 웬만한 중견기업 수준으로 챙겨주니 그쪽으로 간다는 겁니다. 현실에 타협해버린 녀석에게 친구로서 건넬 수 있는 한마디 는 축하한다는 말뿐이었습니다. 그런데 친구가 말합니다.
"우리 동네에선 쪽팔려서 못 하겠고, 구리 가서 하려고⋯⋯."

어렸을 때 엄마가 시킨 심부름 중 제일 하기 싫었던 게 '구르마(바퀴 달린 시장바구니)' 끌고 마트 앞으로 나오라는 거였어요. 어릴 땐 남들

26

눈에 비치는 모습이 엄청 신경 쓰이잖아요. 다 큰 남자애가 혼자 구르마를 끌고, 애들이 게임하고 있는 PC방 앞을 지나가는 게 그렇게 창피할 수 없었죠. 고작해야 500미터도 채 안 되는 거리인데, 어찌나 멀게 느껴졌는지……. 친구라도 만나면 어떡하지 싶어 내내 바닥만 내려다보고 걸었던 그 기억 때문에 친구에게 "괜찮다"라는 말 한마디를 못 해줬습니다.

'쿠팡맨' 일을 하면 내가 사는 동네에서 매일 물건을 배달해야 하는데, 어떻게 아는 사람 한 명 안 마주칠 수 있을까……. 택배 받으려고 문 열었는데, 억지로 웃고 있는 내 모습을 본다면 어떻게 생각할까, 불쌍하게 보지 않을까…….

어쩌면 우리는 착각 속에서 사는지도 모르겠어요. 같은 옷을 이틀 연속 입으면 남들이 알아볼까 신경 쓰지만, 사실 아무도 모르죠. 생각보다 나한테 관심이 없어요.

쿠팡맨 역시 관심의 정도는 비슷할 거예요. 기껏해야 나를 무시하고 싶어 안달 난 몇몇 인간만 관심을 갖겠죠. 열등감은 누구에게나 조금씩 있는 것 같아요. 그런데 이 열등감을 없애는 방법은 구르마 끄는 나를 자랑스레 여기는 방법밖에 없음을 우리는 너무 잘 알고 있어요. 실천을 못할 뿐이지…….

소리

잠들기 30분 전,
귀를 쉬게 해주세요.

일상 소음에 갇힌
귀도 피곤할 테니까요.

요즘
이유 없이 우울하다면
타인의 소리를 듣느라
내 안의 소리를 듣지
못해서 그럴지도 몰라요.

선택

오늘 한 선택은
시간이 좀 지나야
알 수 있습니다.

\+

\+

요즘 들어 참을성이 없어진 것 같아 고민이에요. 예전엔 음식점 앞
에서 기다리는 시간마저도 엄청 설레었죠. 그런데 요즘은 안 먹고 말
지, 줄 서서 먹고 싶진 않아요. 음식점에 들어가 주문하면 빨리 나왔으
면 좋겠고, 안 나오면 재촉하고 싶고 막 그래요. 나보다 늦게 주문한
사람의 테이블에는 음식이 금방 나온 것 같은데, 나만 기다리고 있는
건 아닌가 하는 억울함이 밀려올 때……. 결국 맛있는 음식 먹으러 갔
다가 세상 맛없게 먹고 나오는 아이러니한 경험을 자주 합니다.

내가 생각해도 생전 안 내던 짜증을 내고 다녀요. 그래서 주변 사람들

을 힘들게 하는 거 같아요. 하루는 생각해봤어요, 내가 왜 이럴까 하고.

아닌 척했지만, 요즘 들어서 앞날에 대한 불안감이 커졌어요. 남들은 취직도 하고, 번듯한 사회인이 되어가는데, 나만 불안한 길 위에 서 있는 것 같고 금방 망할 것 같은 그런 불안감이요. 그래서 더 재촉했나 봐요. 시간 아껴서 좋은 글을 쓰기 위한 연습을 해야 한다는 강박, 그마저 잘 안 되는 밤에는 잠도 안 오고 그래요.

고민이 머릿속에 가득한 날이면 친구나 가족들과 함께 있어도 행복하지 않아요. 옆에 있는 사람한테 집중은 안 되고 계속 잡념만 떠올라요. 함께 있는 시간이 소중하다는 걸 알아야 하는데, 왜 그토록 의미 없게만 느껴지는지……. 빨리 동굴 속에 들어가 숨고 싶어요. 아무도 없는 곳에 숨어서 혼자 고민을 꺼내놓고 싶을 뿐이죠.

알잖아요, 악착같이 연습한다고 결과가 바로바로 나오지 않는다는 것을. 거기에 또 한 번 스트레스를 받곤 해요. 마음한테는 노력이라고 이해시켰지만, 실은 선택해놓고 기다리지 못하는 내 마음의 병인 것 같아요. 감당할 수 없을 정도의 불안감이 또다시 밀려온다면, 눈을 감고 말해주고 싶어요.

'선택을 하고, 원하는 결과가 당장 나온다면 그건 가치 없는 선택이었던 거야.'

오늘 한 선택은
시간이 좀 지나야
알 수 있습니다.

배터리

휴대전화 배터리는
써도 방전되지만,
안 써도 방전됩니다.

단지 많이 쓸수록
방전 속도가 빠를 뿐입니다.

사람 배터리는 반대입니다.

열심히 쓸 때보다
쓰지 않고 놔둘 때
더 빨리 방전됩니다.

지친 하루가 끝나고
이불 속으로 들어가면
전원은 꺼지겠죠.

하지만 피곤을 무릅쓰고
30분만 걸어보면,
배터리가
도리어 충전됨을
느낄 수 있습니다.

뒷모습 1

눈앞에 보이지 않는
내 뒷모습은 늘 위험합니다.

그래서 대통령 뒤엔
경호원을 제외한 누구도
서 있어선 안 된다고 합니다.

우리에게는
뒤를 지켜줄 경호원은 없지만
뒤를 돌아서 위험을
노려보는 방법은 있습니다.

영화 〈마이너리티 리포트〉에 나오는 프리크라임 팀장 존 앤더튼(톰 크루즈 분)은 23세기쯤 존재할 것 같은 경찰입니다. 범죄가 일어나기 전 프리크라임 시스템이 범죄가 일어날 시간과 장소 그리고 범행을 저지를 사람까지 미리 예측해내면, 존 앤더튼이 출동하여 해당 타깃을 체포합니다. 살면서 범죄는 안 저지르고 살 테니까 내 인생 좀 예측하는 '프리 선견지명 시스템' 같은 건 하나 있었으면 좋겠어요. 지금처럼 살면 나중에 내가 어떤 모습으로 있을지 엄청 궁금하거든요.

살면서 우리는 알 수 없는 것들 때문에 불안해하곤 합니다. 심플하게 시간을 3등분하면 과거, 현재, 미래이잖아요. 우리는 어디쯤 살고 있을까요? 답은 분명 현재여야 하는데, 현재에 살지 못하는 내가 참 아이러니한 것 같아요.

사실, 과거와 미래는 존재하지 않는 시간입니다. 단지 의사소통을 위해 임의로 나눠놓은 가상의 시간일 뿐이죠. 지금 이곳에서 보고, 느끼고, 만질 수 있는 현재가 유일한 시간입니다. 일상에서 우리는, 몸은 현재에 두고 생각은 과거나 미래에 묶어두는 것 같습니다. 지금 손에 든 행주로 접시 하나 제대로 닦지 못하면서 미래에는 하찮은 일이 아니라 큰일을 할 거라 다짐합니다. 하지만 한 살 한 살 먹어가면서 그렇게 되지 않으니 불안감에 시달리지요.

뒤에 있는 것들은 내 눈으로는 절대 볼 수 없습니다. 어쩌면 거기엔 내 미래도 포함되어 있는지 몰라요. 사람 마음이라는 게 보지 말라 하면 더 보고 싶잖아요. 그렇다고 자꾸만 뒤돌아 흘깃거리지 마세요. 돌아본다고 해서 보이는 것도 아니거든요.

대신 뒤에서 덮치지 못하도록 등을 바짝 붙여요. 앞만 똑바로 쳐다보는 거예요. 지금부터 다가올 나쁜 것들은 이제 전부 내 앞으로만 다가오게 만들어요.

미래에 대한 불안감은 누구 못지않게 큽니다. 하지만 그걸 걱정하느라 지금 닦아야 할 접시를 말끔히 닦지 못하는 것만큼 어리석은 일도 없음을 이제 조금은 알 것 같습니다.

지금 이곳에서 보고, 느끼고,
만질 수 있는 현재가
유일한 시간입니다.
일상에서 우리는,
몸은 현재에 두고
생각은 과거나 미래에
묶어두는 것 같습니다.

39

절벽

벼랑 끝까지 몰려본 사람만이
절벽의 아찔함을 알 수 있습니다.

가끔은 그대로 밀려서
떨어져보세요.

비로소
절벽이 그리 높지 않았음도
알 수 있습니다.

아어

아 다르고 어 다른 걸
아는 사람은
나 다르고 너 다른 것도
알게 마련입니다.

반대로
나 다르고 너 다른 걸
모르는 사람은
아 다르고 어 다른 것도
모르는 바보인가 봅니다.

+

+

취향의 사전적 의미는 하고 싶은 마음이 생기는 방향입니다. 360도 안에서 내가 원하는 방향이면 28도도 좋고, 82도도 좋다는 말이에요.

그저 내가 좋으면 그만인 거니까요.

우리 주변에는 취향을 존중하지 못하는 사람이 참 많은 것 같습니다. 어찌나 그렇게 통일을 좋아하는지……. 남북통일에는 1도 관심이 없으면서 점심 메뉴 통일엔 목숨 거는 부장님 밑에서 일한 적이 있어요. 난 갈치조림이 먹고 싶은데 부장님, 차장님, 과장님, 대리님, 주임님이 순서대로 제육볶음이 먹고 싶대요. 당시 입사한 지 한 달도 채안 된 막내라서, 내게 메뉴를 묻는 일은 아예 없었죠.
"철우 씨도 제육볶음 괜찮지?"

점심시간에 갈치조림이 먹고 싶은 나는 비정상이었던 걸까요? 아니죠. 결단코 아닙니다! 레스토랑 가서 매운탕을 시킨 것도 아니고, 백반집에서 갈치조림을 시키는 게 무슨 죄란 말입니까? 죄를 졌다면 "철우 씨도 제육볶음 괜찮지?" 하며 '답정너(답은 정해져 있고 너는 대답만 하면 돼)'로 물은 부장님이 진 거죠. 나는 이렇게 생각합니다. 한 번 갈치조림이 어렵지, 두 번은 쉽다! 문득 책 제목 '나는 왜 사소한 것에 목숨을 거는가'가 생각납니다. 갈치조림이면 어떻고, 제육볶음이면 어때요? 사원 점심 메뉴 따위에 목숨 거는 부장님이라면 이미 그 무능력함을 인정한 듯싶습니다.

다들 이런 고민을 한 적 있죠? 힘들겠지만 내일 점심시간에는 갈치

42

조림이 먹고 싶다 당당하게 말해보세요. 물론 그 순간에는 가시방석일 거예요. 5초간 정적이 흐르고, 모두가 나를 쳐다볼지도 몰라요. 손이 떨려서 갈치 뼈 발라내기도 힘들고, 재수 없으면 목에 걸리기도 할 거예요. 그런데 이상한 카타르시스는 느껴질 거예요. 부장님 한 번 이 겼다는 내적 승리감 같은 거요. 그리고 모레가 되잖아요? 갈치조림을 주문하는 대리님이 생길지도 몰라요. 그다음 날엔 갈치조림 주문하는 과장님도 볼 수 있을지 몰라요.

  늘 그래요. 처음에 총대 메고 다른 목소리를 낸다는 건 무척 힘들고 많은 용기가 필요하잖아요. 그런데 그 목소리에 진정성만 있다면, 주변에 숨어 있던 든든한 지원자를 모아주는 작은 외침이 되기도 해요.

모래사막

삶은
모래사막을 지나는 과정입니다.

존재하지 않는 신기루를 쫓으며
뜨거운 햇볕에 따갑고
거친 모래바람에 숨이 막힙니다.

살면서 늘
뒷걸음치지 말라고 배웠습니다.

하지만
모래사막을 지나는 동안
뒷걸음질은 반드시 필요합니다.

뒷걸음질로
하나둘 찍히는 발자국을 보면
비로소 내가 어디를 향하고 싶었는지
알 수 있습니다.

볼펜

볼펜을 버리는 이유는
잉크를 다 썼거나
심이 부러져서가 아니라
조그만 스프링이 빠졌기 때문입니다.

삶이 내 마음대로 되지 않을 땐
빠져버린 인생의 스프링이 뭔지
고민해서 찾아 끼워야 합니다.

그때 비로소 제 기능을 다 합니다.

+

+

인생을 사는 방법은 딱 두 가지인 것 같습니다. 즐기거나 즐기는 이들을 부러워하거나! 가진 건 없어도 마음 하나만큼은 부자라고 말하던 내가 요즘은 의기소침하게 살아요. 뭘 해도 재미가 없고, 의욕도 없고, 할 수만 있다면 하루 종일 책만 읽으면서 가만히 있고 싶은 기분이에요.

몸을 무리하게 쓰면 염증이 심해지는 강직성 척추염 때문에 예전처럼 격한 스포츠를 즐길 수 없어요. 병을 처음 알게 된 날, 그날 밤 문 닫힌 방 안에서 많은 생각을 했어요. 조금은 무서웠고, 걱정이 됐고, 왜 하필 나인가 억울해했고……. 인생이 내 마음대로 잘 안 되는 것 같은 기분이 들었거든요. 사실, 요즘은 건강이 정말 좋아요. 그런데도 삶에 흥미가 떨어지는 걸 보면, 강직성 척추염을 선고받은 것처럼 꼭 인생에 커다란 변화와 제약이 있어야만 의욕이 떨어지는 건 아닌 것 같아요.

요즘은 마음 문제가 큰 것 같아요. 강연을 해도 만족스럽지 않고, 글도 잘 안 써져요. 써놓고 다시 읽으면 이걸 글이라고 썼나 싶기도 해요. 도서관에서 무심코 집어든 책은 마음을 울리죠. 평생 써도 이렇게 못 쓸 것 같은데 노트북 앞에 앉아 있으면 뭐 하고 있나 싶기도 하죠.

그런 날이면 누군가가 날 다독여줬으면 해요.

현실은 그래요. 위로받고 싶은 날 선뜻 누군가에게 전화한다는 게 어느 순간 실례가 되는 것 같아요. 다들 사느라 바쁘잖아요. 나 기분 안 좋다고 친구의 기분까지 망가뜨리는 건 아닌 것 같아서요.

그래서 혼자 다독이는 법을 배워가요. 아픈 건 어찌할 순 없지만, 마음 문제는 내 손으로 보듬어줄 수 있어요. 좋은 날은 좋고, 싫은 날은 싫어요. 사실이 어떠하든, 내가 기분 좋으면 그만이잖아요. 가끔 삶에 흥미가 없어질 때, 자신과 진지한 대화를 나눠봐요. 정말 솔직하게 대화했다면 그리 큰 문제가 아님을, 노력하면 지금 당장 고칠 수 있는 사소한 문제였음을 알게 될 거예요.

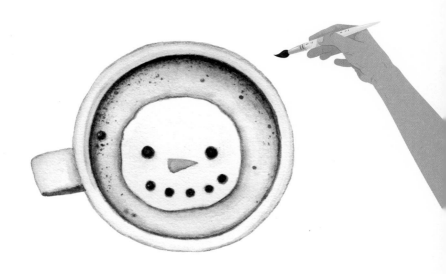

청바지

여름과 겨울,
두 계절을 지닌
사람이 있어요.

뜨거울 땐
너무 뜨겁고
차가울 땐
한없이 차가운 사람…….

매번 그 사이를
가늠하기 어렵다면?

사계절 어느 때든
매치해도 어울리는
청바지가 되어보는 건
어떨까요?

부모님

이성적 판단을
무너뜨리는 한마디는
'부모님'입니다.

+

+

'부모님'은 어느 자식에게나 짠하게 다가오는 말입니다. 어렸을 때 우리 집이 부유하지 못해서, 내가 초등학교 4학년이 될 때 어머니도 밖으로 일하러 나가셨어요. 이른바 사춘기 시절을 거치면서 밖에서 온갖 행패를 다 부리고 다녔지만, 부모님께 반항을 하진 않았어요. 최소한 우리 삼남매 때문에 밖에서 고생하는 것 정도는 알고 있었으니까요. 그런 부모님께 스물한 살 때 처음으로 반항했어요. 당시 '뭐가 될까?'를 놓고 고민의 나날을 보내던 중 지금 모티브 브릿지로 함께 활동하는 한지훈 작가님이 캐나다에 있다는 소리를 들었어요. 작가님은 당시 내게 우상이었고, 스물한 살의 고민에 대해서 왠지 답을 줄 것만 같았어요. 그래서 부모님께 캐나다 유학을 보내달라 떼썼어요. 다섯 번의 청문회와 수십 번의 다툼 끝에 영어 공부를 한다는 핑계와 후불제라는 딜로써 어렵사리 승낙을 받았어요.

그 과정에서 가족들의 극심한 반대로 마음의 거리가 점점 멀어졌나 봐요. 출국 1주일 전이었어요. 늦잠을 자고 있는데 방문 너머로 엄마 우는 소리가 들리는 거예요. 잠결에 들리는 소리를 꿈일 거라 외면한 채 이내 다시 깊은 잠에 빠졌습니다. 유학을 반대하는 엄마가 미워서 그랬나 봐요. 한두 시간을 께름칙하게 뒤척이다가 아버지 전화를 받고 깨어났어요. 서러운 울음소리의 주인공은 정말 엄마가 맞았고, 발이 미끄러지는 바람에 문지방에 꼬리뼈를 다쳤다는 말이 수화기 너머에서 들려왔습니다. 얼마나 아프고 원망스러웠을까요.

그로부터 1주일 뒤 병원에서 엄마를 배웅하고 캐나다로 갔습니다. 1년을 집 나가 있으면서 집에 딱 세 번 전화했어요. 엄마는 퇴원했냐고 묻지도 않았어요. 처음 나가본 외국에서 철학 공부를 하고 있으니까 내가 뭐라도 된 것 같은 건방진 자아도취에 빠져들었고, 그 재미가 너무 좋아서 한국에 계신 부모님은 까마득히 잊고 지냈나 봐요.

그렇게 시간이 흘러 귀국했는데, 내가 먼저 공항 로비에 도착했어요. 10분 뒤 멀리서 부모님이 걸어오는데, 기억 속에 있던 부모님 얼굴이 아닌 거예요. 늙어도 너무 늙었던 거죠. 엄마는 너무 야위었고, 아빠는 주름살이 깊어져 있었어요. 눈물이 날 것 같았어요. 철없게 군 내가 미웠어요. 어쩌면 그날이 처음으로 부모님보다 내가 크게 느껴진 날인지도 몰라요. 부모님의 보살핌만 받던 내가 부모님을 보살펴드려야겠다는 생각이 든 날!

그렇다 한들 멀리 떨어져 사는 자식이 할 수 있는 유일한 보살핌은 매일 전화 한 통 드리는 일밖에 없어요. 낯간지럽지만 이렇게라도 최소한의 애정 표현을 하고 싶어요.

밑반찬

음식점을 고를 때,
메인 요리가 맛있어서 가는 집도 있지만
밑반찬이 맛있어서 가는 집도 있습니다.

그래요,
재력·학벌처럼 크고 거창한 것만
갖추려 하지 마세요.

성격·가치관처럼 눈에 띄지 않는
섬세한 것들도 가꿔주세요.

밑반찬이 맛있을 때
메인 요리의 맛도
비로소 배가 되는 법입니다.

음식점을 고를 때,
메인 요리가 맛있어서 가는 집도 있지만
밑반찬이 맛있어서 가는 집도 있습니다.
성격·가치관처럼 눈에 띄지 않는
섬세한 것들도 가꿔주세요.

불완전

완전하게 보이는 것들은
스스로가 불완전하다는 것을
알고 있습니다.

+

+

공부 잘하는 친구, 회사에서 늘 우수사원으로 뽑히는 동료, TV에 나오는 돈 많고 재능 많은 스타까지……. 노력해도 넘을 수 없는 완벽함이 저들에게서 느껴져요. 저번 학기에 전교 1등 했던 녀석이 이번에도 1등을 할 거라는 믿음에 반하는 사람은 없잖아요. 그런데 크고 나니까 1등의 마음이 조금은 이해가 됩니다.

턱 밑까지 추격한 전교 2등, 실수로 OMR카드에 마킹 한 번 잘못하면 1등 자리를 내어줘야 한다는 생각이 들면 밤에 잠도 못 잘 만큼 불안했을 것 같단 말이죠. 이건희 회장이 임원들 모아놓고 한 유명한 말도 있잖아요.

"미래에 삼성이 뭐 먹고살지 생각하면 잠이 오질 않는다."

완전하게 보이는 것들은 스스로가 불완전하다는 것을 잘 알고 있나 봐요.

사람은 불안을 피해서 살 수 없어요. 삼성전자 이건희 회장도, 삼성 전자 입사를 꿈꾸는 취업 준비생도 모두 안 될까 봐 걱정하고 두려워 하잖아요. 어쩌면 20대가 가고 싶어 하는 대기업이라는 곳은 가장 불완전한 사람들이 모여 있는 집단일지도 모르겠어요. 그 속에서 청춘의 꽃을 피워야 하는 우리 20대에게 완전함이란 능력에서 비롯되는 것이 아니라, 불완전함을 숨기고 완전한 척 연기하는 배짱에서 비롯된다는 걸 조금은 알 필요가 있지 싶어요.

점

같은 위치
같은 크기의 점을
긍정적인 사람은 매력점으로 만들고,
부정적인 사람은 콤플렉스로 만듭니다.

2등

상대방을 의식하는 순간,
벌써 2등입니다.

✛

✛

1등을 영원한 1등으로 인정하는 순간, 내가 1등이 될 방법은 없습니다.

2019년 광주시에서 세계수영선수권대회가 열린다고 해요. 랭킹 1위 마이클 펠프스 머릿속에는 한 가지 생각밖에 없을 거예요. 이전의 내 기록을 깨는 것! 이런 마음가짐으로 레이스에 임하는 펠프스는 앞만 보고 달립니다. 머릿속으로 '조금 더 빨리, 조금 더 빨리!'를 외치면서 말이죠.

하지만 2등의 머릿속은 좀 다릅니다. 이번 레이스 출발이 너무 좋다고 자부한 2등은 자꾸만 옆이 보고 싶어요.

'펠프스는 어디쯤 가고 있을까? 결승점에 펠프스 손이 먼저 닿을까, 내 손이 먼저 닿을까?'

쓸데없는 고민들이 머릿속에 자리 잡으면 자기 페이스대로 레이스를 펼칠 수 없잖아요. 최악의 경우는 옆 라인을 힐끗 쳐다보는 거예요. 1등이면 하지 않아도 될 궁금증이 2등에겐 존재하고, 이 궁금증을 참지 못한 2등은 영원히 2등으로 남게 마련입니다. 어렸을 때 학교 선생님이 1등 하고 싶으면, 1등이 공부하는 것 똑같이 따라 하면 된다고 말하셨습니다. 그 말씀이 참 싫었지만 크고 보니 어느 정도 맞는 말인 것 같습니다.

브랜드

옷은
브랜드가 아닌,
내게 어울리는 옷을
입어야 합니다.

브랜드는
대다수 사람이 좋아하는 것일 뿐
내가 좋아하는 것이 아닙니다.

타인의 평가 속에서
자신을 잃지 마세요.

타인의
평가 속에서
자신을
잃지 마세요.

불

불을 지핀 건 불씨지만,
키운 건 바람이었습니다.

살다 보면 사람과 사람 사이에
불이 날 때가 있습니다.

언제나
불씨는 너였고,
바람은 나였습니다.

그래서 매번 내 마음속
불길은 커져만 갔습니다.

+

+

혼자 있을 땐 관계라는 말을 사용하지 않습니다. 최소한 옆에 한 명이 더 있어야 사용할 수 있는 말이에요. 그러니까 관계에 문제가 생겼다는 것은 혼자만의 문제는 아닐 거예요.

내겐 6년 사귄 여자 친구가 있어요. 오랜 시간 만나면서 4년차 정도까지는 늘 여자 친구의 기분을 1순위로 생각했습니다. 툴툴거리고 내 말을 경청해주지 않아도 언제나 나는 그녀 말에 예쁘게 대답하려 했습니다. 삼겹살 먹으러 가는 길에 갑자기 치킨이 먹고 싶다 하면 군말 없이 치킨집으로 갔습니다. 배려하는 것, 그게 남자의 의무라고 생각했어요.

문제는 내 감정상태가 힘들어지기 시작한 뒤부터였어요. 사회생활을 시작하면서 하루에도 몇 번씩 낯선 사람들을 만나고 가까워져야 하는데 이게 나한테는 쉬운 일이 아니었거든요. 갑일 때보다 을일 때가 많은 나라서…….

모든 통계가 그렇잖아요. 열 명 중 돌아이가 한 명이라면, 백 명 중 돌아이는 열 명이거든요. 그렇다 보니 종종 하루에 돌아이 열 명을 만나기도 해요. 그 돌아이 대부분은 입이 거칠어서 상처
주는 말을 기가 막히게 잘하죠. 나도 사람인지라 그런
대접을 계속 받다 보면 속이 상해요. 이런 날 여자 친
구한테 위로받고 싶어서 일하는 곳까지 찾아가요. 표
현을 안 하니깐, 내 마음을 알 리 없는 여자 친구는 만
나자마자 자기 상사 욕을 막 해요. 나도 위로받고 싶어
서 왔는데…….

평소처럼 툴툴대는 말투도, 말할 때 딴청 피우는 것도 그날따라 너
무 미워 보이는 거 있죠. 순간 섭섭한 마음 달랠 길 없으니, 불난 집에
선풍기를 틀어야겠다고 고약한 마음을 먹어요. 여자 친구 말에 토를
달기 시작하고, 그렇게 서로가 섭섭해질 때까지 그만두지 않아요. 여
자 친구는 엄청 실망했겠죠. 어쩌면 내가 변했다고 생각할지도 몰라
요. 그런데 여자 친구를 사랑하는 본심은 변하지 않았어요. 단지 내 환
경이 변한 것뿐인데……. 환경이라는 게 나를 힘들게 했고, 불씨를 끌
물이 마음속에서 고갈돼버린 거죠.

바랐습니다. 내 마음속에 물이 메말랐으니 이번엔 네가 물을 채워
주면 참 좋을 텐데……. 사람과 사람 사이에 문제가 생긴다면 사람을
의심하지 말고, 처한 환경을 헤아려주세요. 그는 여전히 같은 자리에
서 있는지도 모릅니다.

본능

옷도 입지 않던
원시 시대에도
사람이 모이면
이야기를 나눴다고 합니다.

그다음엔 노래를 부르고,
춤을 췄다고 합니다.

사람의 본능은
사람과 함께일 때
깨어나나 봅니다.

오늘 하루,
좋은 사람들과
많은 대화를 나눴다면,
많은 행복을 누린 것입니다.

먼지

닦지 않는 곳엔
먼지가 내려앉습니다.

하나 더 지닐수록
쌓이는 먼지도 하나 더 많아집니다.

삶에서 먼지 닦는 과정은
사회적 책임입니다.

먼지가 쌓이는 건 자연의 순리이지만
닦지 않으면 부패와 관습을 담은
사회 속 미세먼지가 됩니다.

고등학교 졸업하고 대학교 올라가면서 본격적으로 마음대로 옷을 입을 수 있는 특권이 생겼어요! 400킬로미터나 떨어져 있는 엄마의 눈치를 보지 않고 옷을 산다는 건, 공부해서 서울로 와야만 하는 강렬한 이유 중 하나였어요.

신입생 때는 과 모임, 동아리 모임, 동기 모임까지 하루에도 세 번씩 술을 마실 만큼 약속이 많잖아요. 1년만 지나도 추리닝 바람으로 다니지만, 1학년 때는 어딜 가더라도 어른처럼 잘 꾸미고 싶었단 말이죠. 그런데 옷장 안에는 입을 옷이 없잖아요. 자취방 오면서 가져온 옷 대부분은 고등학생 때 입던 것이라 밖에 입고 다니기가 좀 그랬어요(예컨대 형광색 노페, 큼지막한 도라에몽 박힌 후드티 등등). 그때부터 옷 사 모으는 재미에 빠졌어요. 그때는 옷 잘 입으려면 우선 많고 봐야 한다는 생각에 닥치는 대로 샀지요. 그렇다고 스무 살에게 무슨 돈이 있겠어요. 비싼 건 겁나서 못 사겠고, 싼 거 한두 개씩 사들이는 재미에 푹 빠진 거예요.

수업 시간에 칠판 대신 인터넷 쇼핑몰만 처다본 결과, 3개월 지나고 보니 5평 자취방 바닥에는 뜯지도 않은 택배 비닐이 널브러졌죠. 옷장은 과포화 상태인 데다 뭘 샀는지 기억도 안 나는 지경에 이르렀지요.

문제는 여름이었어요. 집에 곰팡이가 피기 시작했는데, 순식간에 쌓여 있던 옷 사이로 다 옮겨 붙은 거예요. 세탁소에 가져가자니 돈은 없지, 할 수 없이 하루 종일 세탁기를 돌려서 직접 다 빨았어요. 문제는 곰팡이가 눌어붙은 흰 셔츠예요. 두 번 세 번 빨아도 시퍼런 곰팡이 자국이 지워지지 않았죠.

옷만 해도 그런 거예요. 셔츠 한 장을 산다는 것은 빨래하고 다림질해야 할 셔츠도 한 장 늘어난다는 말이에요. 관리하지 않고 방치하면 먼지가 앉고, 운 나쁘면 곰팡이가 펴서 버려야 할 수도 있어요.

사회적 위치도 마찬가지예요. 자기가 관리하고 지켜낼 자신이 없으면 옷도 가져선 안 되고, 이른바 '자리'도 가져선 안 되는 거잖아요. 회사에 취업을 원한다면 먼저 그 자리에 쌓이는 먼지를 닦아낼 준비가 되어 있는지 솔직하게 자문해봐야 해요. 준비 안 된 상태에서 자리만 갖고자 한다면 부패와 관습의 표상이 될 게 뻔하니까요.

어른

만 19세가 넘으면
어른이 되지,
성인이 되진 않습니다.

어른은 뭐든지 마음대로
할 수 있지만,
성인은 상대를
배려할 수 있습니다.

고정관념

성공과 실패가 한 끗 차이라는 말을
가끔 ABC마트에서 실감하곤 합니다.

양말을 신으면 작고, 벗으면 꼭 맞는
그런 신발이 있습니다.

단지 얇은 천 조각 하나 더
얹었을 뿐인데 말이죠.

우리의 의지도 마찬가지입니다.

성공보다 실패에 익숙한 이유는
신발을 좀 더 크게 만들지 않은
디자이너 책임이 아닙니다.

꼭 양말을 신고, 신발을 신어야 한다는
고정관념을 깨지 못한 내 책임입니다.

+

+

고정관념은 사람을 조금 무겁게 만듭니다. 하고 싶은 것도, 해야 하는 것도 너무나 많은 우리 20대가 가지고 있는 가장 큰 고정관념은 학력과 직업의 연관성 아닐까 싶습니다.

"어디에 취직할 거냐?"

"네 전공이 기계공학인데 그런 일을 해서야 되겠니?"

명절마다 어른들은 이런 말뿐이잖아요. 수능 점수에 맞춰서 대학 간 것뿐인데……

사회가 잘못한 거예요. 고등학교 3학년 때까지 "커서 뭐 될래?"라고만 물었지, "어떤 일을 할 때가 가장 즐겁니?"라고 묻지 않았어요. 이 고민이 대학 원서 쓸 때 저절로 답이 내려지는 것도 아니고…… 그래서 친구 따라 문과는 경영학과 가고, 이과는 기계공학과 가는 거예요.

처음으로 대학에 대해 고민하기 시작한 건 고등학교 1학년 때였어요. 17년 동안 아무 생각 없이 밥 세 끼 꼬박꼬박 챙겨 먹었을 뿐인데 고등학생이래요. 대학 못 가면 굶어 죽는다는 말이 무서워서 공부했어요. 공부는 못했어도 뭐든 만들기를 좋아했던 터라, 단순하게 기계 공학과를 가야겠다고 생각했습니다. 3년이 흘러 기계공학과에 입학했어요. 그런데 막상 학교에 들어가니 내가 생각했던 그런 곳이 아니잖아요. 9시 뉴스에서 보던 것처럼 산업 현장에서 목장갑 끼고, 얼굴에 기름때 두 줄 묻혀가면서 공부하는 그런 모습은 없었어요. 현실은 책상에 앉아서 두꺼운 책 펴고 문제만 푸는 고등학교 4학년이었던 거죠. 방황했어요. 학교생활이 설레지 않았고, 이러려고 공부했나 싶었죠. 매일 수업 시간에 앉아서 앞으로 뭐 하고 살 것인지 고민만 했어요.

고3 대부분은 수능 성적에 맞춰 전공을 선택하지, 적성을 고려해서 선택하지 않아요. 그런 전공이 앞으로 40년 이상 일해야 할 내 직업과 연관성이 있을 리 만무하잖아요. 후회하진 말아요. 대학교 전공은 열아홉 살의 내가 선택했던 것일 뿐, 스물여섯 살의 내가 하고 싶은 게 있으면 그걸 하면 돼요. 사회가 정해놓은 틀에 기죽어서 졸업한 뒤 전공을 억지로 살려야 한다면 우리의 20대가 너무 불쌍하잖아요. 고정관념이란 한 끗 차이로 시작하지만, 시간이 흐를수록 좁힐 수 없는 끝이 돼버리기도 합니다.

이성적 판단

이성적 판단이란,
사람에 충성하는 게 아니라
상황에 충실하는 것입니다.

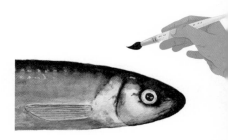

인과관계

추운 겨울,
공중화장실에서 손을 씻다 보면
샤워하고 싶다는 생각이 들기도 합니다.

아무렴,
더러워졌다는 이유로 손을 씻었지만
느낀 점이 꼭 '손이 깨끗해졌다'일
필요는 없지 않을까요?

느낀 점마저 인과관계로
정의하지 않을 것.

있는 그대로 느낄 것.

열쇠

꼭 닫힌 문을 열지 못하는 건
열쇠가 없어서일 수도 있지만
열쇠 꾸러미를 가지고 있기
때문일 수도 있습니다.

우리 삶에 닥친 문제가
대부분 그렇습니다.

내 안의 문을 열고 나갈 방법이
막막해질 때면, 이미 손 안에
열쇠가 있다는 확신을 가지고
맞는 열쇠를 찾는 데 집중하세요.

어쩌면 우리는 생각보다 대단한 사람일지도 모릅니다. 가끔, 아주 가끔은 겸손보다 자만심을 키워주세요. 연애, 학점, 취업 때문에 떨어질 대로 떨어진 내 자존감을 최소한 나 스스로라도 지켜줘야 하잖아요.

20대 중반이 되면 학교를 벗어나 사회로 나가는 삶의 전환점을 맞이합니다. 학점, 대외 활동, 토익 점수……. 여태까지 노력할 만큼 했고, 남들만큼 다 했는데, 막상 취직하려고 보니 나를 필요로 하는 곳이 없어서 우울하잖아요.

강의를 처음 시작했을 때 많은 무대에 서고 싶었습니다. 청소년 시기를 누구보다 다사다난하게 보냈기 때문에 학생들을 만나면 많은 이야기를 해줄 수 있을 것 같았거든요. 문제는 아무도 나를 찾아주지 않는다는 거예요. 배가 고팠습니다. 고시원 방세도 내야 하고, 밥도 먹어야 하는데 돈이 없는 거예요. 그래서 카페 아르바이트를 시작했습니다.

하루는 일하고 있는데, 40대 아주머니 한 분이 다가오시더니 "여기서 일하세요?"라고 묻는 거예요. 이상한 낌새를 느꼈지만 달리 할 말이 없어 "네"라고 대답했습니다. 그랬더니 내 블로그를 스마트폰으로 보여주시면서 "이분 아니세요?"라고 묻는 거예요. 이번에도 "맞습니다"라는 말밖에 할 수 없었습니다. 아주머니는 고개를 갸우뚱하면서 나가셨어요. 부끄러웠습니다. 당시 팟캐스트가 좀 잘돼서 많은 분이 들을 때였거든요. 그래서 나를 알아보셨나 봅니다. 팟캐스트에서 떠드는 사람이 동네 카페에서 앞치마를 두르고 있는 게 이해되지 않으셨나 봐요. 솔직히 쪽팔려서 그만둘까 고민도 했지만, 당장 방세 낼 돈이 없어서 그러지는 못 했어요.

그 와중에 검은 유혹이 훅 들어왔어요. 돈 많은 아저씨들이 와서 자기랑 일하자는 거예요. 키워주겠대요. 학교 안 나와도 밥 잘 먹고 잘살게 해준다고 해요. 그런데 그들은 돈을 신으로 추종하는 이들이었어요. 돈만 되면 물불 가리지 않고 다 하는 사람들이었죠. 원하는 내 모습이 없었다면 방세도 못 내는 처지에 뭘들 안 했겠어요? 그런데 나중에 분명 후회할 거 같았어요. 다시는 누구 앞에서 마이크 잡을 수 없을 것 같았어요. 나 스스로 초라해서! 그래서 타협하지 않고 버텼습니다.

그렇게 6개월이 지나고, 1년이 지나다 보니 강의할 기회가 하나둘 생기기 시작했어요. 매 순간이 마지막 기회일지도 모른다는 불안감 때문에 열심히 했죠. 그러다 보니 지금 여기까지 오게 됐어요. 내가 여기까지 와 있다는 말을 하는 것도 웃긴 거예요. 경제적으로 아직도 여유롭지 못하거든요. 하지만 그때보다 하고 싶은 일을 훨씬 더 많이 하

고 있어요. 그게 좋은 거예요. 지
금 생각해보면 그땐 열쇠 꾸러미를 들고 있었
는지도 모르겠어요.

요즘도 고민이 참 많아요. 그렇다면 나는 지금도 열쇠 꾸러미를 뒤
지는 중일까요? 시간이 흘러 맞는 열쇠를 찾으면 이 고민들도 멋지게
해결될까요? 모르겠어요. 사람은 늘 눈으로 보기 전까진 믿을 수 없잖
아요. 나도 같은걸요.

바나나

겉과 속이
다른 사람

진한 노란색 외모보다
밍밍한 하얀색 마음이
더 매력적인 사람

알고 보면 그 누구보다
달콤한 마음을 가진 사람

그런 바나나 같은
사람이 좋습니다.

TV

수많은 채널 앞에서
끊임없이 리모컨을 돌리는 이유는
지금의 나를 만족시켜줄
최고의 프로그램을 찾기 때문입니다.

때론 '최고'보다
'최선'이 낫기도 합니다.

최고를 찾는 동안 보내는 지금이
계속해서 과거로 바뀌는 중이니까요.

+

+

  어렸을 땐 성격이 정말 꼼꼼했어요, 그것도 아주 많이. 책도 한 글자
한 글자 또박또박 읽어야 했고, 1번이 안 풀리면 2번으로 넘어갈 수

없었어요. 그래서 누구랑 같이 공부를 하거나 책을 읽어본 적이 없어요. 같이 읽어줄 사람이 없어서 책 읽기가 그렇게도 싫었는지 모르겠어요. 오죽하면 만화책도 안 읽었다니까요. 융통성이라고는 1도 없는 소심하고 꼼꼼한 그런 아이였어요, 내가. 물론 지금도 아니라고는 말할 수 없어요. 그래도 요즘은 한 살 한 살 먹으면서 생긴 '귀차니즘' 덕분에 곧잘 넘기기도 합니다.

공부하거나 일할 때 늘 100퍼센트를 원했어요. 한 끗의 실수도 허용하지 않는 그런 매정한 인간이었거든요. 사회에 나와서도 그 성격을 못 고치다 보니, 어느새 주변 사람들이 나를 싫어하고 있어요.

시간이 지나고 보니 그 100퍼센트라는 건 100퍼센트 내 마음에 드는 답을 의미하고 있다는 사실을 알게 됐어요. 그걸 깨닫기까지 얼마나 오래 걸렸던지……. 회사 다닐 때 늘 다음 사람에게 넘어가는 보고서가 늦어졌고, 나 하나의 완벽함 때문에 모든 사람의 일이 차질을 빚곤 했습니다. 최고를 추구하는 동안 사람을 잃고 신뢰를 잃었어요. 그래서 때때로 '최고'보다는 '최선'이 낫기도 한가 봐요, 최소한 인간관계에서만큼은.

우리는 지극히 완벽할 수 없는 인간이잖아요. 실수를 할 수 있어요. 그래서 회사에서 최종보고서는 혼자서 쓰지 않나 봐요. 나는 주어진 기한 내에 최선을 다해서 쓰면 되고, 다음에 수정 보완할 사람도 최선을 다하면 돼요. 서로가 최선을 다할 때 최고가 되는 건가 봐요. 진짜 최고를 만들려면 사람을 믿는 게 먼저인가 봐요.

매력

시간이 지날수록
외모는 시들지만,
매력은 그 깊이를
더해갑니다.

먼지

오전 10시,
거실에 햇살이 들면
작은 먼지들이
보이기 시작합니다.

그때
햇살이 빨리
사라지길 바랐습니다.

먼지 때문에
TV에 집중할 수 없었거든요.

삶이라는 TV를
시청하다 보면
마음속에도 햇살이
드리울 때가 있습니다.

이때 나와 성격이
다른 먼지는 특히
도드라져 보이곤 합니다.

그렇다고
이것들이 완전히
사라지길 바라진 마요.

먼지가
늘 공중에 떠다니듯,
이것들도 언제나
내 주변에 머물 거예요.

시간이 흘러
햇살이 사그라지면
자연스레 무시할 수 있는
먼지입니다.

가시

신발 속 가시는
실물보다 조금 크게 느껴집니다.

발끝에 느껴지는 통증은
바늘쯤인 것 같지만,
실은 찾으려야 찾기도 힘든
아주 조그마한 가시일 뿐입니다.

우리가 느끼는
삶의 부담감도 그렇습니다.

찔려도 걱정하지 마세요.
걸음을 멈춰서 쏙 빼면 그만인
가시일 뿐이니까요.

+

+

머릿속에는 생각 기폭제 하나가 들어 있어요. 이 기폭제는 이상하게도 기쁜 생각엔 반응하지 않고, 자꾸 나쁜 생각에만 반응하는 버릇이 있어요.

일요일 아침, 늦잠을 자고 일어나서 침대에 가만히 누워 있으면 머릿속에 이상한 생각들이 그렇게 많이 들어와요. 3년 전에 했던 실수, 어제 뱉어버린 그 경솔한 말……. 문제는 여기서 끝나지 않는다는 거예요. 3년 전 실수를 되돌릴 수 없음을 잘 알면서도 그때 상대의 기분을 더듬습니다.

'그 일로 아직도 나를 미워하진 않을까?'

노심초사하다가 결국 페이스북에 들어가서 친구관계가 온전한지 확인하게 되지요.

대학교 1학년 때 술에 취한 적이 있어요. 학교 앞에서 친구들과 술을 마셨는데, 부천에 사는 친구가 엄청 취해버렸어요. 나도 술기운이 들었지만, 다들 부모님 통금 시간에 맞춰 들어가야 했기 때문에 자취하는 내가 데려다줄 수밖에 없었어요. 친구를 부축해서 지하철을 타러 갔어요. 분명 탄 것까지는 기억나는데, 그다음 기억은 부천에서 서울로 돌아오는 7호선 열차였어요. 이미 내려야 할 상도역은 지나쳤고, 다음 역은 공릉이라는 안내방송이 흘러나오고 있었죠. 정신이 번쩍 들었습니다. 휴대전화를 확인해보니, 토를 했는지 술 깨는 약을 먹었는지 이미 정신을 차린 부천 친구는 오히려 연락이 되지 않는 나를 걱정하느라 연신 전화를 해댔더라구요. 그러니까 부재중 전화가 28통이나 와 있었던 거예요. 목을 세게 한 번 푼 뒤 전화해서 아무렇지 않은 척했어요.

문제는 다음 날부터였어요. 자고 일어나니 어젯밤 일이 도무지 이상한 거예요. 나는 부천으로 가는 지하철에서 잠이 들었는데, 깼을 땐 돌아오는 지하철이었단 말이죠. 그 말은 내가 어떤 식으로든 친구를 내려주고, 반대편 승강장으로 넘어가서 서울행 7호선을 기다렸다가 문 열리는 타이밍에 맞춰 탔고, 자리가 빈 것까지도 확인하고 앉아서 잠들었단 말인데 그 기억이 싹 날아갔잖아요. 아무리 생각해도 친구가 도와주지 않았으면 가능하지 않았을 이야기인데 도무지 부끄러워서 물어볼 수가 없더라고요. 그렇게 3년을 묻어뒀어요. 종종 잠자리에서 기억을 소환하여 이불킥을 날리면서요.

어느 날, 그 친구랑 둘이서 술을 마셨습니다. 술김에 너무 궁금했나 봐요. 결국 그날 어떻게 된 거냐고 물어봤죠. 생각보다 너무 황당한 대답이 돌아왔습니다.

"응? 너 그날 신중동역에 같이 내려서 나한테 인사하고, 혼자 지하철 타러 갔는데?"

나 부끄럽지 말라고 배려해준 건지 정말 그랬는지는 모르겠지만, 물어봤을 때 정말 아무것도 모른다는 표정으로 대답한 친구의 진심 어린 눈빛을 한번 믿어보려고요.

믹스커피 1

배려란
늘 나를 희생하여
남을 도와주는
비누 같은 것이라고
배웠습니다.

실은
믹스커피를 더 많이
닮았는데 말이죠.

물을 부으면
향기로운 커피향이
올라오는 믹스커피처럼…….

그래요,
상대방이라는 믹스커피에
내가 물이 되어줄 때
비로소 사람 사는 향이
진하게 올라옵니다.

물을 부으면
향기로운 커피향이
올라오는 믹스커피처럼⋯⋯.

블라인드

살다 보면 너무 지쳐서
숨고 싶을 때가 있습니다.

그런 때는
커튼 대신 블라인드를 치고
숨으세요.

최소한 햇살 같은
기회가 찾아왔을 때
알아차려야 하니까요.

일상 속에서 많은 시간을 사람에 대해 생각하며 보냅니다. 낮에는 수백 명의 사람과 이야기를 나누고, 밤에는 사람에 대해 글을 씁니다. 이런 나도 스트레스를 받는 날이면 절에 들어가고 싶다는 말을 자주 하곤 하는데, 다른 사람들은 오죽할까요. 특히 정말 하고 싶은데 높은 벽에 가로막혀 할 수 없음을 받아들여야 할 때, 그 순간이 엄청난 스트레스로 다가오는 것 같습니다.

대학교 4학년이 되면 누구나 생각이 많아지잖아요. 1년 뒤 졸업을 하고 번듯한 직장인이 되어야 한다는 압박감 속에서, 여전히 어떤 길을 가야 할지 1도 모르겠는 자신의 처지가 그렇게 초라할 수가 없습니다. 주변을 돌아보면 나 빼고 전부 다 자기 길을 열심히 가고 있는 것 같고……. 그런 생각이 드는 순간이 오면 커튼 치고 그냥 방 안에 몸을 숨기고 싶어지잖아요.

숨지 말라고 할 순 없지만, 어둠이 지루해질 때쯤 커튼 뒤에서 작은 몸부림을 시작해보는 건 어떨까요? 나도 기계공학을 전공했지만, 아이러니하게도 사람에 대한 공부를 하고 있죠. 간호학을 전공했지만 힙합크루에 들어간 친구도 있고요, 생물학과를 졸업하고 카페 창업을 한 친구도 있습니다. 알고 보면 생각보다 대담한 결정을 내린 친구도 많이 있어요. 우리가 선뜻 나서지 못하는 이유는 가볼까 하는 길이 아무래도 위험해 보이고, 실제로 그 길을 걷는 이들은 늘 안전한 길을 걷는 이들보다 머릿수가 적기 때문입니다. 확률 싸움에서 지다 보니 자신감이 떨어지는 거예요.

사실, 대담한 결정을 내리는 게 말처럼 쉽지는 않아요. 어떻게 보면 정말로 위험한 선택일 수도 있죠. 그렇지만 하고 싶은 걸 죽을 때까지 억누르며 살 순 없잖아요. 어쨌든 작은 몸부림을 시작해봐야죠. 1주일에 5일은 부모님께 밥 빌어먹지 않도록 열심히 일해요. 그리고 나머지 2일은 하고 싶은 일에 투자해보는 거예요. 시간이 지나면 어느 정도 판가름이 나는 것 같아요.

'아, 이거 일주일에 삼 일 해도 되겠는데?'

이런 마음이 들면 그날부터 제대로 시작하는 거예요. 실생활 속에서 늘 이상만 추구할 수 없다면, 그리고 그 도전이 너무 위험해 보여서 도무지 한 걸음조차 뗄 수 없다면 차근차근 움직여도 좋아요.

20대

빨리
어른이 되길 바랐습니다.

부모님 간섭 없이
알바하고, 옷 사고
떠나고…….

어른만 되면,
모든 걸 이룰 수 있다고
믿었던 우리였습니다.

생각해보세요,
그토록 원했던 모습이
지금 내 모습인지.

결핍

모든 노력은
결핍에서 나옵니다.

하지만 그 노력이
자만심을 살찌우기 위한 것이
아니었으면 좋겠습니다.

그 노력은
자존감을 충족시키기 위한
것이었으면 좋겠습니다.

+
+

　동화 속에 나오는 유토피아처럼 돈 걱정 없고 감정싸움도 없이 말
그대로 모든 게 완벽한 세상 속에 산다면 어떨까 하는 생각을 가끔 해

봐요. 그리고 그 끝엔 늘 좀 심심할 것 같다는 결론이 나와요. 그렇게 생각하면, 돈 걱정하고 감정 소비를 줄여야겠다고 다짐하는 오늘이 썩 나쁜 것만은 아니라는 생각이 들곤 합니다.

세상 모든 게 완벽하다면 노력할 이유도 없을 거예요. 가만히 있으면 다 잘되잖아요. 하지만 인간세계는 좀 달라요. 늘 경제적 열등감과 감정적 결핍에 시달리죠. 삶을 산다는 건 곧 잘 살기 위한 최소한의 노력을 해야 한다는 말이기도 한 것 같아요.

인간세계는 조금 복잡해요. 유토피아가 아닌 곳에서 유토피아적 삶을 좇고 있잖아요. 이런 노력에도 두 가지가 있어요.

하나는 남에게 보여주기 위한 노력, 자만심이라고 불러요. 사실 모든 노력은 행복을 담보로 잡고 견디는 거거든요. 그런데 자만심을 채우기 위한 노력은 하면 할수록 더 큰 결핍감이 따라와요. 남에게 잘 보이기 위해서 20만 원짜리 티셔츠를 사요. 티셔츠치고는 고가임이 확실하잖아요. 쇼핑한 기념으로 신사동을 가요. 옆을 돌아보면 100만 원짜리 구찌 티셔츠 입고 다니는 사람이 수두룩하거든요. 결국 마음을 다쳐요.

남에게 보여주기 위한 노력이 아니라, 나를 만족시키기 위한 노력이었으면 좋겠어요. 그걸 자존감이라고 불러요. 글로 쓰려니 어감이 좀 이상하지만, '개쌍 마이웨이'라는 말, 참 속 깊은 표현인 것 같아요. 이 말이 너무 세면 '그래서 뭐!' 정도로 바꿀게요. 개인적으로 참 좋아하는 말입니다.

우리는 하루에도 수없이 많은 눈치를 보고 사는 인간이지만, 최소한의 반항은 할 수 있잖아요. 내가 무슨 옷을 입고 뭘 하든 네가 무슨 상관일까요. 하고 싶은 일이라면 도둑질 빼고 다 해도 좋아요. 남한테 피해만 안 끼치면 내가 뭘 하든 상관없어요. 이게 나인걸, 네 입맛에 맞춰줄 마음은 눈곱만큼도 없거든요.

남에게 보여주기 위한
노력이 아니라,
나를 만족시키기 위한
노력이었으면 좋겠어요.
그걸 자존감이라고 불러요.

행복

성적을 올리기 위해
공부를 하고,
돈을 벌기 위해
일을 합니다.

그럼
행복을 위해서는
어떤 노력을 하나요?

가만히 누워서
행복이 제 발로
찾아오길 바라는 것,
이것만큼 건방진 믿음도
없습니다.

비판

강력한 지지자를 얻기 위해서는
반드시 강력한 비판자가 존재해야 합니다.

오늘도 나를 수없이 비판하던 이들은
사실 내게 강력한 지지자를
모아준 고마운 사람들입니다.

주변에 100명의 사람이 있다면 과연 내게 호의적인 감정을 갖는 사람은 몇이나 될까요? 한 사회심리학자는 3명만 있어도 성공이라고 말합니다. 실제로 많아봤자 5명을 넘기기 힘들다고 해요. 뒤집어 말하면 아무리 노력해도 95명은 나한테 좋은 감정을 갖기 힘들다는 것이죠.

게임을 해요. 100판을 해서 95판을 지고 겨우 5판만 이겨요. 어떤 생각이 들까요?
'아, 난 진짜 게임에 소질이 없구나!'
다른 게임을 해야 하나 싶을 거예요. 그 누구도 겨우 5판 이기는 게임을 계속하고 싶어 하진 않는단 말이죠.

그런데 인간관계는 어쩔 수 없이 5판밖에 못 이기는 게임이래요. 그러니까 '난 진짜 인간관계를 못하구나'라고 생각할 필요가 없는 거예요. 그렇게 정해진 게임이니까요. 이제는 사람한테 상처받는 것에 대한 두려움을 조금은 내려놔도 좋을 듯해요. 누구나 다 그렇게 생각하니까요.

5판밖에 이길 수 없는 게임이라면 95판의 게임은 그냥 막 해버려요.

95명을 내 사람으로 만들려고 노력해봤자 헛수고일 확률이 높을 테니까 상대가 짜장면이 먹고 싶다 해도 당당히 짬뽕이 먹고 싶다 말하세요. 짜장면을 같이 먹든 짬뽕을 같이 먹든 결국 둘이 탕수육 먹는 일은 생기지 않을 거거든요.

대신에 딱 하나, 일관성은 지켜야 해요. 제일 좋아하는 중국집 메뉴가 짜장면이라고 얘기했다면 내일 물어봤을 때도, 모레 물어봤을 때도 언제나 짜장면을 고집해야 해요. 만약 오늘은 짜장면이라고 대답하고, 내일은 짬뽕, 모레는 볶음밥이라고 대답한다면, 5명마저도 같이 탕수육을 먹고 싶어 하지 않을지도 몰라요.

뒷모습 2

마음먹고 노력하면
뭐든 할 수 있다고 합니다.

안타깝지만
아무리 노력해도
절대 안 되는 일이 있습니다.

바로,
자기 뒷모습을 보는 일입니다.

그거 하나 빼고는
다 할 수 있습니다.

설렘

애정 없는 사람에겐
설렘을 단숨에 권태로 만드는
능력이 있습니다.

설렘은 이유 없이
시작되곤 합니다.

그렇지만 꾸준한 설렘은
새로운 매력을 찾으려는
애정에서 비롯됩니다.

처음이 있으면 끝이 있게 마련이지만,
그럼에도 바랍니다.
설렘 뒤에 권태가 오지 않기를…….

+

+

수많은 자기계발에서 이러쿵저러쿵 사는 법을 조언합니다. 사실, 우리가 몰라서 안 하는 게 아니거든요. 못 하는 것뿐이지. 가끔 어떻게 살아야 잘 사는 건가 고민될 때가 있어요. 자기계발서의 말대로 하면 과연 성공하고 그래서 행복해질 수 있을까요? 고민 끝에 내린 나름의 내 결론은 행복한 인생이란 늘 '설렘'이 있는 삶이라는 거예요.

생각해보면 지난날 행복한 순간에는 늘 설렘이 있었습니다. 처음 누군가의 강연을 듣고, 나도 마이크를 잡는 사람이 되고 싶다 느낀 날, 몇 년 뒤 꿈에 그리던 첫 강연을 하고 청중에게 박수를 받던 그날의 설렘. 그 설렘들이 없었다면 이 글도 쓰고 있지 않을 거예요.

그런데 시간이 지나니까 이 일이 늘 설렘으로 다가오는 건 아니더라고요. 강연을 만족스럽게 하지 못한 날은 자괴감이 들고, 불안감이 엄습해요. 얼마 전까지 쓴 글이 마음에 들지 않아서 한동안 글 쓸 생각도 하지 못했죠.

연애랑 비슷한가 봐요. 처음엔 불타오르듯 여자 친구의 좋은 점만 보이지만, 시간이 흘러 감정싸움을 하고 서로 화를 돋우면 그렇게 미

울 수가 없잖아요. 그런데 연인 사이도 감정싸움 한 번으로 헤어지는 건 아니죠. 서로 잘못한 점을 인정해야, 지금의 권태를 극복하고 다시 불타는 사랑을 할 수 있죠.

똑같아요. 내가 좋아서 잡기 시작한 마이크이지만 때론 너무 스트레스로 다가와서 내려놓고 싶은 순간들이 있어요. 막상 내려놓고 다른 일을 한다 해서 마음이 편해지는 건 아니거든요. 그걸 알기 때문에 하기 싫은 노력을 꾸역꾸역하고, 또 그러다 보면 설레는 날이 다시 찾아오기도 하는 것 같아요.

설렘과 설렘 사이에 잠깐 지나가는 다리가 권태라면 그것도 한번 느껴볼 만한 감정인 것 같아요.

주름살

내게
시간의 흐름을
알려주는 건
달력보다
부모님의 주름살이
더 정확합니다.

등산

막연히
산을 넘어가면
평지가 있을 거라
기대했습니다.

하지만 그렇지 않다는 것을
이제는 알고 있습니다.

앞으로 산을 피해 가는 방법을
고민하기보다 어떻게 휘파람을 불며
올라갈지 고민하기로 했습니다.

+
+

인생이 평지라면 빨리 가고 싶을 땐 뛰어가고, 힘들면 풀썩 주저앉아 쉬어 가기라도 할 텐데……. 내 마음처럼 안 되는 걸 보니 확실히 평지는 아닌가 봅니다. 어쩌면 우리는 매일 힘든 산길을 오르고 있는지도 모르겠어요.

학생 땐 기말고사, 직장 다닐 땐 프로젝트가 끝나기만 바랐습니다. 눈앞에 닥친 큰 고비만 넘기면 여유가 생길 것 같잖아요. 그런데 막상 방학이 찾아오고 프로젝트가 끝나도, 할 일은 끝이 없고 또다시 올라가야 할 산이 눈앞에 버티고 있습니다.

고등학생 때 대학입시를 준비하는 과정이 너무나 큰 고통이었어요. 공부를 늦게 시작한 터라 늘 열등감에 사로잡혀 있었거든요. 시험 기간엔 남보다 한 번이라도 더 보려면 잠자는 시간을 줄일 수밖에 없었고, 피로가 누적되자 알 수 없는 병이 찾아왔습니다. 다리가 불편해서 혼자 걷기가 힘들었어요. 땅에서 발을 떼면 허벅지에 찌릿찌릿한 통증이 느껴졌어요. 의사 선생님은 입원해서 병의 실체를 찾아보자고 했지만, 성적 떨어지는 게 더 무서워서 싫다고 했죠. 그땐 정말로 내 인생의 마지막 공부라고 생각했거든요. 대학교 가면 정말 노는 줄로만 알았어요.

막상 입학하고 보니, 웃는 낯으로 캠퍼스를 거니는 이가 없음을 깨닫고 무척 공허해졌습니다. 1학년 때부터 회계사시험을 준비하는 경영학과 친구, 기사자격증을 준비하는 기계공학과 친구 등등 다들 취업 준비에 목맨 모습이 여느 고등학생 못지않았어요. 입시라는 큰 산만 넘으면 평지가 나올 거라 생각했는데 헛된 꿈을 꿨던 거죠.

산을 피해보려고 했어요. 산에 오르는 과정이 너무 힘들어서요. 처음에는 눈앞에 큰 산이 버티고 있으면 눈 감고 못 본 척하고 돌아갔어요. 눈을 감지 않으면 산을 피하는 내가 너무 비겁하게 느껴졌으니까요.

그런데 그렇게 자존심 구기고 돌아가도 결국 또 다른 산이 나온다는 사실을 알게 됐어요. 그래서 생각을 아예 바꿨어요. 우리 인생이 늘 산을 올라가는 과정이라면, 산을 피해 가는 방법을 고민하기보다 어떻게 휘파람을 불며 올라갈지 고민하기로요.

농구공

바람 빠진 농구공은
잘 튀지도 않으면서
힘은 엄청 듭니다.

일상이 통통 튀지 않는 건
노력 문제가 아니라
의욕이 빠져서
그럴지도 몰라요.

일상이 통통 튀지 않는 건
노력 문제가 아니라
의욕이 빠져서
그럴지도 몰라요.

내일

볼 수 없어도
듣고 만질 수 있으면
홀로 걸을 수 있고,
원하는 곳 어디든
갈 수 있습니다.

우리가 사는 오늘은
내일의 어떤 것도
볼 수 없습니다.

하지만 그곳이 어디든
꿋꿋이 걸어갈 수는 있습니다.

대한민국에서 가장 바쁜 곳은 여의도도 역삼동도 아닌 지하철역 환승 구간인 것 같아요. 사무실을 가려면 고속터미널역에 내려서 3호선으로 갈아타야 하는데, 전전 역인 이수역에서부터 2-3게이트 앞으로 사람들이 모여듭니다. 지하철 문이 열리는 순간 옆 사람을 밀치면서 전력 질주하는 모습은 어제오늘 일이 아니에요.

하루는 늑장을 부리는 바람에 그 행렬에 동참하게 됐습니다. 계단을 와다다다 올라가고 있는데, 지팡이로 더듬어가며 오르는 이가 눈에 들어왔어요. 어림잡아 내 또래쯤으로 보이는 그를 순간 넋 놓고 바라봤습니다.

처음 앞이 보이지 않게 된 날, 그는 얼마나 무섭고 슬펐을까요? 다시는 재미난 영화를 볼 수도, 예쁜 꽃을 볼 수도, 사랑하는 사람의 얼굴을 제대로 볼 수 없다는 사실을 알게 되었을 때, 과연 나라면 그걸 의연하게 받아들일 수 있었을까요? 지팡이를 짚으면서 올라가는 그의 모습에서 많은 감정을 느꼈습니다. 한창 병으로 고생할 때 절룩이며 걸어 다녔는데, 나 혼자 아픈 게 억울해서 괜스레 세상이 불공평하다 원망하곤 했습니다. 그 정도의 고통을 가지고도 말이죠.

어디선가 들은 적이 있어요. 앞이 보이지 않으면 대신에 다른 감각들이 발달한다고 해요. 그래서 보행 시 차 소리에 집중해서 횡단보도 앞에 멈춰서고, 손으로 옆을 더듬으면서 위치를 파악하곤 하잖아요. 감동적인 것은 기어코 목적지까지 혼자 찾아간다는 거예요. 단지 가는 길이 우리보다 힘들고 시간 또한 오래 걸리지만 결국 도착하죠.

인생도 마찬가지인 것 같아요. 두 눈 멀쩡히 뜨고 하루를 살지만, 내일의 내가 어떤 모습으로 있을지 알 수 없습니다. 볼 수 없기 때문에 노력해서 원하는 내일에 도착하려고 하는지도 몰라요.

앞이 보이지 않는 건 누구나 똑같아요. 그러니 주저앉지 말아요. 때로는 마음의 소리에 귀를 기울이세요. 주변 사람들을 어루만지면서 그들의 도움을 받으며 내일을 향한 오늘을 살아봐요. 오래 걸릴지 몰라도 결국 원하는 목적지에 도착할 수 있을 겁니다.

배

출항하기 전,
이미 흔들리는 배는
몰지 않는 것이 정상입니다.

프로젝트 시작 전,
의견 대립으로
이미 흔들리는 조직은
출범하지 않는 것이 정상입니다.

자가용 사고는
혼자 책임지면 되지만,
항해 사고는
탑승객 전원의 피해를
절대 혼자만 책임질 수 없습니다.

수요일

시험공부에 야근에
눈코 뜰 새 없이
바쁜 수요일을 보냈지만
돌이켜보니 정작
수요일은 바쁘지 않았습니다.

수요일을 살고 있는
내가 바빴습니다.

우리는 언제나
이 바쁨 속에서 벗어나
일상적인 수요일을 원합니다.

하지만 우리가 원한 건
어쩌면 일상이 아닌
이상이었는지도 모르겠습니다.

일상적 수요일을 맞이하는 건

오늘의 우선순위를 지키는 것.

그 순간 나른한 일상이 됩니다.

+

+

어렸을 때부터 수요일을 참 좋아했습니다. 일주일의 반이 지났다는 느낌도 좋았고, 무엇보다 수요일 급식이 맛있었죠. 그런데 요즘은 수요일이 반갑지 않아요. 주중에 가장 많은 일을 해야 하는 날이 돼버렸거든요. 수요일을 진짜 좋아하는데 수요일을 미워해야 하는 게 너무 싫어요. 그래서 매주 수요일만 되면, 어렸을 때의 그 설렘을 느껴보려고 노력하는데 잘 안 돼서 속상해요. 계속 이렇게 지내다 보면 결국 수요일을 완전히 미워하겠구나 하는 생각이 문득 들었어요.

수요일을 미워해요. 생각해보면 어렸을 때나 지금이나 수요일은 그 자리에 가만히 있었어요. 수요일은 잘못이 없죠. 변한 게 있다면 수요일을 살고 있는 내가 다른 사람이 된 거예요.

인간관계도 그런가 봐요. 장난을 걸어오는 여자 친구도 평소 같았으면 익살스럽게 받아줬을 거예요. 그런데 기분이 안 좋은 날에는 왜 그리 짜증스럽게만 느껴지는지……. 의미 없는 까칠함을 부리다가 결국 상처를 주고서야 끝이 납니다. 그날도 결국 여자 친구 문제가 아니라 내 문제였던 건데, 늘 뒤늦게 깨달아요. 여자 친구도 속상할 거예요. 받아주지 않는 내가 변했다고 생각할지도 몰라요.

일상적인 수요일을 지키고 싶다면, 수요일을 대하는 내 마음을 바꿔야 할까 봐요. 극단적으로 생각하면, 죽는 날까지 수요일이 제일 바쁠지도 모르잖아요. 그렇다면 바쁜 와중에 내가 정해놓은 우선순위를 지키는 거예요. 30분 짬을 내서 여자 친구랑 통화도 하고, 맛있는 커피 한 잔 마시러 갈 수도 있잖아요. 커피를 무지 좋아하는 나로서는 어쩌면 그 커피 한 잔이 좋아서 목요일부터 다시 돌아올 수요일을 기다리는 낭만이 생길지도 모르겠어요. 다음 주 수요일에는 제일 비싼 커피를 마실 거예요.

4.16

바다는
언제나 가고 싶은 곳입니다.

햇살을 품은
에메랄드 빛깔의 바다에
누구나 추억 하나쯤
있게 마련이죠.

그렇지만 오늘만큼은
바다라는 존재가 한없이
원망스럽습니다.

4년 전 침몰했던
배가 떠오르는 모습을 보며,
다시는 바다를 추억할 수 없는
사람이 있음에…….

적어도 오늘만큼은
바다를 떠올리며
가고 싶다는 생각보다
진실을 찾고 싶다는 생각이
먼저 들었길 바랍니다.

빗방울

옷깃에 떨어지는 빗방울은
그대로 스며들지만,
웅덩이에 떨어지는
빗방울은 자꾸만
튕겨져 나갑니다.

나와 똑 닮은 너라서
너와 자주 다투는 이유도
빗방울을 닮았나 봅니다.

+
+

  인간관계라는 게 참 웃겨요. 성격이 너무 달라도 문제지만, 똑 닮아
도 문제가 되는 거 같아요. 요즘에야 입 닫고 있는 것도 잘하지만, 예
전엔 그러질 못했어요. 술 마시면 밤새 떠드는 스타일이었는데, 하루

는 저랑 똑같은 캐릭터의 인물이 술자리에 등장한 거죠. 뭔가 언짢았어요. 발언권을 빼앗긴 느낌이랄까요? 사람이 참 간사해요. 내가 떠드는 건 분위기 살리는 거고, 남이 떠드는 건 나댄다고 느끼거든요.

그래서 비슷한 사람끼리 친구가 되려면 더 많은 노력이 필요한 거 같아요. 연애도 그래요. 처음엔 서로 다른 사람이었어요. 왜 그런 말 있잖아요. 사랑하면 닮는다는 말. 가끔 페이스북 들어가서 그녀와 함께 찍은 사진을 봐요. 처음 만났을 때 찍은 사진과 어제 찍은 사진을 나란히 놓고 보면 세세한 표정, 사진 찍는 포즈마저도 닮아버린 걸 느껴요.

연애를 오래할수록 싸움이 잦아지는 이유도 그런가 봐요. 그녀가 내 안 좋은 모습까지도 닮아버려서 그 모습을 보는 게 싫은가 봐요. 그래서 서로 무시하고 싸워요. 내 마음은 그런 게 아닌데, 너무 닮아버려서 권태가 생긴다는 것⋯⋯. 그것이 인간관계라니 때론 우습기도 해요.

그런 순간이 오면 비 오는 날, 그녀와 함께 카페 창가에 앉아서 떨어지는 빗방울을 바라봐요. 옷깃에 떨어지는 빗방울은 튕기지 않아요. 바로 스며들죠. 두 사람도 처음엔 그랬던 거예요. 그녀는 떨어지는 빗방울이었고 난 옷깃이 되어줬던 거죠. 지금은 너무 닮아버려서 둘 다 빗방울이 된 거예요. 먼저 떨어진 빗방울은 웅덩이를 만들고, 그 위로 떨어지는 빗방울은 튕겨버리는 거예요. 비 오는 날 연인끼리 지그시 웅덩이를 바라보며 권태를 느끼기보단 괜스레 웃음 나는 날이 되길 바라요.

이온음료

마라톤 경기 중에
마시는 이온음료는
완주를 돕기 위함입니다.

누구도
이온음료를 마시기 위해
마라톤을 하지는 않습니다.

일도 그렇습니다.

삶이라는 긴 마라톤을
완주하기 위해 일을 합니다.

누구도
일을 하기 위해
삶을 시작하지는 않습니다.

불만

살면서 가장 큰 불만은
돈이 없는 것과
시간이 부족한 것이라고 합니다.
그리고 이 둘을 동시에 갖기란
무척이나 힘들다고 합니다.

어쩌면 자기가 좋아하는 일을
직업으로 삼아야 하는 이유가
여기 있는지도 모르겠습니다.

나는 둘 다 없어서 심술이 나요. 이렇게 바쁠 거면 돈이라도 있었으면 좋겠지만, 평범한 20대인 우리에게는 너무나 힘든 일이잖아요. 어쩌면 그래서 20대가 힘든지도 모르겠어요. 인생을 통틀어 가장 완성된 미모를 뽐내고, 하고 싶은 것, 사고 싶은 것도 많은 나이잖아요. 10대에 비하면 그럴 수 있는 자유도 생겼지만, 번듯한 경제활동을 하는 나이가 아니라서 그 사이에 끼어 혼란이 오나 봐요.

그런데 막상 경제활동을 활발히 하는 30대 선배들은 돈 없는 20대가 좋았대요. 돈 번다고 꼭 좋은 것만도 아닌가 봐요. 문제는 취직하고 나니 시간이 없다는 거예요. 표면적으로는 9시 출근 6시 퇴근이라고 하지만 실제론 12시간 근무는 기본이라고 해요. 그러면 하루 24시간 중 절반을 회사에서 보내야 하는데, 취침 7시간 빼고 식사 시간 빼면 그냥 월요일부터 금요일까지 눈 뜨고 있는 시간엔 회사에 있다는 말이잖아요, 오 마이 갓!

스무 살 때 아르바이트가 엄청 재미있었어요. 돈을 버니까 어른이 된 것 같았죠. 하루 일당으로 3만 원만 받아도 날아갈 듯 기뻤던 시절이에요. 또 호기심이 많아서 이곳저곳 옮겨 다니면서 일했더니 지루

할 틈이 없었어요(최악은 모델하우스에서 짐 옮기는 일이었죠).

 팟캐스트가 잘될 때도 따로 수입이 없어서 아르바이트를 했는데, 그땐 돈 버는 일이 그렇게 싫을 수 없었어요. 정작 하고 싶은 일은 따로 있는데 돈이 없어서 억지로 일해야 한다는 기분이 싫었던 거 같아요. 근무시간 내내 정신이 다른 데 가 있었어요. 어찌 됐건 그건 내 사정이고, 돈 받고 하는 일인데 열심히 해야 하잖아요. 본심은 하기 싫었지만, 꾸역꾸역 하다 보니 수입도 괜찮았고, 좋은 제안도 여럿 들어왔어요.

 그런데 카페에 있는 시간은 늘 갈증이 났어요. 얼른 집에 들어가 글을 쓰고 싶었거든요. 평생 글 쓰고 사람들이랑 떠드는 일을 하겠노라 마음먹은 게 그 무렵이었던 거 같아요. 돈을 줘도 재미없어서 못 하겠더라고요. 살다 보면 돈보다 더 크게 보이는 것들이 있어요. 그 대상이 사람마다 다르겠지만, 내겐 글이었나 봐요. 종종 글 쓰는 과정이 스트레스로 다가올 때도 있지만, 욕심을 조금만 내려놓으면 굉장히 즐거운 취미 활동이 돼요. 사실, 이 책을 쓰는 요즘도 소소한 스트레스를 받고 있어요.

부담감과 즐거움이 공존하는 시간 속에서 글 쓰는 일, 사람들과 이야기하면서 웃는 일이 내겐 직업이에요. 이 직업을 갖는 동안 얼마나 많은 경제적 부를 쌓을지는 모르겠지만, 깡통 차는 한이 있더라도 훗날 오늘을 돌아봤을 때 후회하지 않을 거예요.

헌 옷 수거함

내 머릿속에도
헌 옷 수거함이 있으면
좋겠습니다.

한때는 좋았지만
이제 내 손을 떠나야 하는
기억들을 그 속에 넣으려고요.

그 기억들이
또 다른 이들에게는
행복이 됐으면 하는 바람을 담아서…….

틈

노력이 필요합니다,
완벽하지 못해서.

내가 가진 틈이
흠이 되지 않기를⋯⋯.

    +

    +

남 눈치 안 보고 살기로 선언한지라 착한 아이 콤플렉스는 없어요.
하지만 뭐든 잘해야 한다는 강박에 사로잡힌 강남 아이 콤플렉스는
조금 있는 것 같아요(놀라운 건 강남에서 살아본 적이 없다는 사실).

농구부에서 후보 선수는 참 서러워요. 경기장에 도착해 주전들이
몸 풀기를 하는 동안 후보들은 골 밑에서 공 주워서 패스해주는 역할
을 해요. 애들이 바로 2군이죠. 그리고 2군마저도 못 든 선수는 감독

님이 따로 불러요. 주머니에서 만 원짜리 두 장 꺼내주면서 이렇게 말하죠.

"포카리스웨트 다섯 병 사 와라."

어린 마음에 엄청 상처를 먹죠. 초라하게 이온음료 사러 가는 게 싫어서 잘하려고 애썼습니다.

농구를 그만두고 공부를 시작했을 때 시원찮은 성적표를 가져가면 선생님이 내 말에 귀 기울여주지 않는다는 사실이 억울해서 또 잘하려고 애썼습니다.

사람이 뭐든 다 잘할 순 없는 거잖아요. 그걸 알면서도 못하는 게 있으면 불안하고, 잘해야겠다는 생각이 들어요. 하루 종일 참 바쁘게 사는데, 못하는 걸 다 잘하려다 보니 늘 시간이 부족해요. 못하면 못하는 대로 좀 놔둬도 되는데, 이제껏 살면서 빈틈이 있으면 그건 흠이 된다고 생각해서 못 견디나 봐요.

열등하지 않으려면 정의를 잘 내려야 하는 것 같아요. 잘하고 싶은 욕심이 아무리 커도, 하루 24시간을 할 일로 꽉 채우면 작심삼일부터 지쳐요. 지쳐서 하루가 고되다면 내일 아침이 어떻게 신나겠어요?

선택과 집중이라고 합니다. 욕심 많은 내가 제일 못하는 것이지만,

차근차근 연습해보려고 해요. 밥벌이와 연관된 일은 무조건 잘해야죠. 아무도 챙겨주지 않는 세상에서 굶어 죽지 않으려면 어느 정도 잘해야 하는 게 맞잖아요.

그렇지만 취미로 하는 것, 즐기려고 시작한 일들은 조금 못해도 그대로 놔두는 연습을 해보려 해요. 못하는 것까지 잘하려고 발버둥 치는 동안 옆 사람과 커피 한 잔 놓고 떠드는 여유조차 사라지는 것 같아서요. 그래서 밥벌이는 가능한 한 내가 좋아하는 일로 해야 하나 봐요. 그래야만 밥벌이를 위해 빈틈없이 노력한 하루가 무의미하지 않을 것 같아요.

에스프레소

매력적인 사람은
에스프레소를 닮았습니다.

투명한 물을 머금은 사람과 만나면
아침을 깨우는 아메리카노가 됩니다.

신선한 우유를 품은 사람과 만나면
오후를 기분 좋게 하는
부드러운 라떼가 됩니다.

달콤함을 원할 땐
상대가 좋아하는 향의
시럽 한 방울이면
누구와도 어울릴 수 있습니다.

무엇보다
에스프레소 자신의
짙은 향이 제일 좋습니다.

초라한 순간

살면서 가장 초라한 때는
돌아가고 싶은 시절로
돌아갈 수 없음을
깨닫는 순간입니다.

후회 없이 산다는 건
10년이 지나,
돌아가고 싶은 순간을 떠올릴 때
그날이 오늘이면 됩니다.

+

+

　어느 자식이나 가장 후회스러운 일로 부모님께 잘못한 순간을 떠올리게 마련이죠. '다시 과거로 돌아간다면 섭섭하지 않게 해드릴 텐데' 하고 생각하지만 정작 그때 한 불효를 지울 방법은 없어요. 그래서 후회가 돼요. 지나간 과거를 어찌할 수 없음을 깨닫는 순간, 그때가 가장 초라해지는 것 같습니다.

오늘날, 20대에게 주어진 삶의 무게가 만만찮습니다. 선택 사항이 많아서, 때론 선택 사항이 너무 없어서 그 길의 끝이 어딘지도 모르고 꿋꿋이 가야 하는 운명에 처해 있어요. 그렇다 보니 주변을 챙길 틈이 없어요. 주변을 돌아봤을 때 누군가 보인다면 그건 경쟁 상대일 뿐이죠.

욕심이 많아서 그동안 열심히 살아왔다고 생각은 했는데, 그게 잘 산 거냐고 물어본다면 쉽사리 긍정하긴 힘들 것 같습니다. 내 욕심을 채우는 동안 주변 사람들로부터 많은 도움을 받았고, 또 많은 이에게 상처를 주기도 했어요.

이제는 주위를 좀 돌아보고 싶어요. 앞만 보고 달리는 것도 좋은데, 그러면 창밖의 풍경을 볼 수 없음을 알게 됐습니다. 그리고 내일 잘됐으면 좋겠다는 생각을 싹 버리려고 해요.

우선 오늘을 잘 살아보려고요. 10년 뒤, 돌아가고 싶은 순간이 언제냐고 묻는다면 그날이 오늘이라고 대답할 수 있을 만큼 재밌게 살아보려고요.

초등학생

초등학생 때는
지금보다 키도 작고,
힘도 약했을 텐데…….

어떻게 하루 종일 지치지도 않고
빠릿빠릿하게 뛰어다닐 수 있었을까
생각해보곤 합니다.

그 힘을
순수함이라고 부르나 봅니다.

어떤 것도 바라지 않고
놀고 싶다는 마음 하나로
오늘을 즐겼기 때문에
입가에 웃음이 떠나지
않았던 것 같습니다.

어떤 것도 바라지 않고
놀고 싶다는 마음 하나로
오늘을 즐겼기 때문에
입가에 웃음이 떠나지
않았던 것 같습니다.

버스

눈앞에서 버스가 떠나는 것은
운이 없는 게 아니라
그만큼 버스가 자주 다닌다는 뜻입니다.

지나간 버스만큼
기회는 생각보다 자주 옵니다.

문제는 정류장에서
꿋꿋이 서 있지 못하고
안절부절못하다가 바로 도착한
다음 버스를 놓쳐버리는 거지요.

✛

✛

　　우리 마음속에는 언제 올지 모르는 버스 한 대가 있습니다. 버스 안
에는 기다리는 친구가 타고 있을지도, 꿈꾸는 내가 타고 있을지도 모

룹니다. 그런데 아무리 기다려도 오지 않아요. 내일이면 오겠지, 모레면 오겠지……. 세 밤 자면 산타 할아버지가 온다는 말만 믿고 손을 꼽는 어린아이처럼 무작정 기다리기만 할 뿐입니다.

참 이기적인 감정이에요, 기다림이라는 것은. 예고 없이 나타났다가 한눈판 사이에 사라져버리거든요. 그래도 우리는 늘 기다려요. 진심을 나눌 친구는 언제쯤 만날 수 있을까, 변해버린 남자 친구가 다시 돌아오지 않을까, 언제쯤 취업할 수 있을까. 20대는 일도, 사람도, 연애도 모든 걸 기다려야만 하나 봐요.

기다림과 마주해야 하는 날은 참 불편해요. 왜 건방지게 나를 기다리게 하는지도 모르겠고 왜 맨날 나만 기다려야 하는지도 모르겠는데, 다른 방법이 없어요. 그냥 기다릴 수밖에요.

기다릴 수밖에 없다면 그 시간을 어떻게 마음 졸이지 않고 보낼 수 있을지 궁리하기 시작했어요. 신경 끄기 연습을 해봤는데, 신경이 계속 쓰여요. 운동으로 시선을 돌려보려 했지만, 운동 끝나면 곧바로 또 생각이 나요. 명상을 해봤는데, 그것도 그때뿐이에요. 그러다가 의외의 방법을 찾아냈어요.

한 걸음 한 걸음 천천히 걸어보기. 뛰는 것이 일상인 발걸음에 느림의 미학을 선물하는 거예요. 저녁 약속이 있어서 강남 나갈 때 평소보다 20분 일찍 나가면, 번잡한 에스컬레이터에서 걷지 않아도 되고, 어깨를 부딪치며 앞사람을 추월하지 않아도 돼요. 그렇게 걷다 보면 비로소 가로수길에 핀 붉은 단풍잎이 보이기 시작해요.

모바일 버전

모바일 버전 이용률이 높아지면서
많은 것이 생략되고 있습니다.

긴 글보다는 짧은 글,
정독보다는 속독을 추구합니다.

그러나
삶은 그렇지 않습니다.

삶은
짧은 에세이보다는
극적인 에피소드를 가진
대하소설입니다.

그러니
빠르기보다는 깊이를
담을 수 있어야 합니다.

믹스커피 2

세상에서 가장 맛있는
믹스커피를 타고 싶었습니다.

편백나무로 만든 종이컵에
코나 원두로 만든 믹스커피를 넣고
천연 암반수로 끓인 물을 붓습니다.

그런데 가끔 이렇게 만든 커피가
인스턴트커피만도 못할 때가 있습니다.

이유는
잘 젓지 않았기 때문입니다.

아무리 좋은 재료를 쓴들,
잘 젓지 않으면
세상에서 가장 밍밍한 커피가 됩니다.

삶에서 아무리 좋은 환경이

주어져도 안 된다면,
긴 스푼으로 아래까지
깊숙이 한번 저어보세요.

+

+

희곡 〈고도를 기다리며〉에 등장하는 주인공 두 명은 오지 않을 고도를 매일 기다립니다. 그렇게 몇십 년의 세월이 흘렀음에도 그들은 여전히 내일 올 고도를 기다립니다.

알게 모르게 우리도 매일 고도를 기다리고 있는 것은 아닐까요? 취직에 성공하면 경제적 여유가 찾아올 거라 믿고, 이번 프로젝트만 끝나면 주변 사람들을 챙겨야겠다고 다짐합니다. 그러나 막상 그런 여유는 찾아오지 않습니다. 그때가 되면 모두 환경 탓이라고 합니다.

취직에 성공하면, 최소한 이전보다 경제적 여유가 생겼을 거예요. 그리고 회사에서 중요한 프로젝트가 끝났다면 준비할 때보다는 비교적 여유롭겠죠. 문제는 더 완벽한 '고도'가 올 거라는 막연한 기대를 하고 있기 때문인 것 같아요.

인간의 욕심은 끝이 없고, 가만히 있으면 게을러지고 싶은 존재잖아요. 이렇게 산다면 한평생 다 살 때까지 내가 원하는 고도는 오지 않을 것 같아요. 나는 기다림이랑 별로 친하지 않거든요. 고도를 오랫동안 기다리고 싶지 않아요.

오늘 고도를 만나려고 해요. 궁핍한 처지지만, 내가 마실 커피 한 잔이 있으면 옆 사람에게 건네기도 하고, 직접 마주할 여유가 없다면 이동하는 버스 안에서 전화라도 한 통 걸어보려고 해요.

나는 참 간사한 인간이라서 돈 있고 시간 있으면 또 부족한 뭔가가 있을 것 같단 말이에요. 어쩌면 오늘의 내 모습이 어제 꿈꿨던 고도일지도 모르는데 말이죠.

인간의 욕심은 끝이 없고,
가만히 있으면
게을러지고 싶은 존재잖아요.
이렇게 산다면
한평생 다 살 때까지
내가 원하는 고도는 오지 않을 것 같아요.

골키퍼

골을 먹으면,
골키퍼는
극도로 예민해집니다.

급기야
앞에 있는 수비수에게
시야를 가린다고
타박하기에 이릅니다.

그러면 경기 결과는
뻔하잖아요.

모든 것을 혼자
막아내려 하지 마세요.

골키퍼는 골문을 지키는
유일한 사람이 아닌,
여러 수비수 중
한 명일 뿐입니다.

앞에 있는 수비수를 믿고,
함께 막아내세요.

혼자일 때보다 강합니다.

지식

지식은
양면성을 가지고 있습니다.

현명한 판단을 하도록
도와주기도 하지만,
섣불리 도전하지 못하게
겁을 주기도 합니다.

살다 보면
아는 것이 힘이 되지
않을 때도 있습니다.

+

+

나는 살면서 편식을 해본 적이 없습니다. 음식도 그렇고 책도 그래요. 얼마 전까지만 해도 손에 잡히는 대로 읽는 게 독서였는데, 요즘은 딜레마에 빠져 있습니다.

책을 좋아한 지는 그리 오래되지 않았어요. 세종대왕님께 죄송하지만, 어렸을 땐 활자 읽는 걸 즐기지 않아서 만화책도 안 봤거든요. 왜 무식한 놈이 용감하다고 하잖아요. 내가 딱 그 마음이었던 것 같아요. 수업 시간에 교수님이 프로그래밍 과제를 시키면, 할 줄 몰라도 일단 할 수 있다고 했어요. 또 하다 보면 어찌어찌 제출도 했단 말이죠. 그런데 책을 읽고 난 뒤부터 이상하게 논리적(?)으로 변해가요. 예컨데 3단원 과제를 해 오라고 했는데 그 전 수업 시간에 빠졌어요. 그러면 머리가 할 수 없다고 명령을 내려요. 배우지 않았으니 할 수 없다는 겁쟁이 로직이 생겨난 거예요.

운동할 때도 그래요. 친구는 3년 트레이닝을 받았지만, 나는 한 달밖에 안 배웠어요. 당연히 질 수밖에 없잖아요. 그래도 이길 수 있다고 생각했어요, 예전엔. 그런데 요즘에는 안 그래요. 당연히 질 수밖에 없다 결론짓고, 이겨보려는 노력조차 하지 않아요. 성격이 바뀌어가는 것 같아서 고민이에요.

책을 많이 읽다 보면 세상에 잘난 사람이 넘쳐난다는 걸 알게 됩니다. 나는 그 잘난 사람의 반의반도 못 따라가는 사람이다 보니 박탈감을 느끼는 게 아닐까요. 사실 20대에게 자기계발서란 그런 존재이거든요. 읽어도 다 자기 잘난 이야기밖에 없는 그런 책……

그래서 당분간 책 읽는 걸 멈춰보려고 해요. 그 시간에 창밖을 바라보려구요. 멋진 말로 사색이라고 하잖아요. 때론 창가에 앉아서 길에 지나가는 사람들을 보는 것만으로도 힐링이 되곤 해요. 늘 무언가 대단한 사람이 되어야 한다고 생각했지만, 연인과 손깍지 끼고 길을 걷는 여유를 즐길 수 있다면 그 자체로 이미 행복인 것 같아요. 힘이 빠지는 건 늘 거창한 고민만 해서 그런지도 몰라요.

지금 고개 들고 창밖을 한번 바라봐요. 대부분 거창하지 않은 삶을 살아요. 그렇지만 웃으면서 살잖아요. 그런 삶을 살고 싶어요.

숟가락

상대를 이해하려면
오른손으로 먹던 밥을
왼손으로 먹어보면 됩니다.

정치가 그렇습니다.

이해와 포용을 강조하지만,
오른손잡이는 절대
왼손으로 숟가락을
쥐려 하지 않습니다.

반대도 마찬가지고요.

오른손잡이가
오른손이 옳다고 주장하는 건,
정말 옳아서가 아니라
습관이 들었을 뿐입니다.

일회용품

일회용품은
한 번밖에 쓸 수 없는
하찮은 존재가 아닙니다.

한 번만 쓸 수 있는
귀한 존재입니다.

새로운 만남이 그렇습니다.

그래서 늘 다가오는 인연에
최선을 다해야 합니다.

스무 살이 되면, 본격적으로 피상적인 인간관계가 시작됩니다. 술자리에서 한 번 본 사이, 신입생 OT 때 인사한 사이……. 얼굴 보면 아는 사람인데 그렇다고 알은체를 하기엔 민망한 그런 관계가 있습니다. 휴학했다가 복학했는데, 강의실에서 마주친 상대의 이름이 가물가물한 거예요. 스마트폰을 열어보면 연락처도 있는데 도대체 어디서 봤는지 기억이 나질 않는 거죠. 그런 사람이 한둘이 아니에요. 심지어 다음에 밥 한 끼 같이 먹자고 하이파이브만 열 번 친 사람도 있다니까요.

오늘의 20대는 텍스트 세대잖아요. 전화하는 것보다 문자로 대화하는 게 더 익숙한 세대, 치킨집에 전화하는 것도 부담스러워 배달의 민족으로 결제까지 다 해버리는 그런 세대라서 잘 모르는 사람과 대화를 나눈다는 건 그만큼 불편한 일이에요.

캐나다에 있을 때, 이민 회사에서 아르바이트를 한 적이 있어요. 위니펙이라는, 열에 아홉은 들어본 적도 없는 시골에 이민을 오려고 한국에서 아저씨 한 분이 사전 답사를 오셨어요. 공항에서 픽업하여 숙소까지 안내하는 일이었는데, 비행기가 연착되는 바람에 새벽 3시쯤 도착한 거예요. 기다린 시간만큼 피곤했던 터라 대충 형식적인 인사만 건네고 얼른 숙소로 모셔갔어요.

나중에 알고 보니, 답사를 온 그 아저씨는 같은 학교 같은 과 선배였습니다. 인연이라는 게 참 웃겨요. 이역만리 캐나다에, 그것도 그 시골 마을에 한 번 나갔던 픽업 서비스에서 마주한 사람이 같은 학교 같은 과 출신 선배였다니! 한국에서 우연찮게 다시 만났는데, 사실 전 누군지도 몰랐어요. 모르는 아저씨가 웃으면서 악수를 청하기에 덥석 손을 잡고 고개를 숙였지만, 아무리 생각해도 그 순간에는 누군지 모르겠더라고요.

그런 것 같아요. 처음 공항에서 아저씨를 마주했을 때 다시 볼 일은 없을 거라 생각했어요. 머릿속에서는 얼른 태워주고 집 가서 자고 싶다는 생각밖에 없었거든요. 아저씨도 마찬가지였을 텐데, 캐나다 땅에서 한 번 본 아르바이트생을 1년이 지나고 사석에서 알아볼 정도로 소중하게 생각했다는 마음이 너무 멋있더라구요.

물론 모든 인연을 장기적인 관계로 반드시 발전시키려는 노력도 부질없는 짓인 거 같아요. 다만, 얼굴을 마주하는 사람에게 먼저 웃어줬으면 좋겠어요. 그럼 훗날 인연으로 덕을 봤음 봤지, 손해 보진 않을 것 같아요.

모든 인연을 장기적인 관계로
반드시 발전시키려는 노력도
부질없는 짓인 거 같아요.
다만, 얼굴을 마주하는 사람에게
먼저 웃어줬으면 좋겠어요.
그럼 훗날 인연으로 덕을 봤음 봤지,
손해 보진 않을 것 같아요.

한 걸음

한 걸음부터 시작하여
42.195킬로미터를
뛸 수 있는 게 사람입니다.

반면,
덮고 있는 이불 속에서
한 걸음을
떼지 못하는 것도 사람입니다.

움직임은
능력의 문제가 아니라
절실함의 문제인가 봅니다.

주변 환경

셔츠를 사면
어울리는 바지가 없고,
바지를 사면
어울리는 신발이 없습니다.

주어진 환경은
언제나 불완전합니다.

그렇기 때문에
어울리는 신발이 없어서
외출할 수 없었다는 말처럼
환경이 불우해서
꿈꿀 수 없었다는 말은
변명에 불과합니다.

초등학교 2학년 올라갈 무렵 집에 컴퓨터 한 대가 생겼습니다. 그런데 식구가 다섯 명이라 사용 순서를 정하기 위한 룰이 필요했습니다. 가위바위보는 식상하고 번거로웠습니다. 그래서 아침 일찍 일어나 '컴퓨터 1짜!'를 외치기로 합의했습니다. 1짜가 매진되면 다음 사람은 차례대로 2짜, 3짜를 외치면 됩니다. 1짜를 쟁취한 사람부터 컴퓨터를 사용하고 나면 뒤이어 2짜, 3짜를 외친 순으로 시간을 배당받는 방식입니다.

온 가족이 집에서 꿈적도 않는 일요일 아침에 늦게 일어나면 컴퓨터 사용은 물 건너간 거예요. 어린 시절 나를 아침형 인간으로 만들어준 건 7시에 시작하는 디즈니 애니메이션과 컴퓨터 게임이 아니었나 싶어요(감사합니다). 그렇게 힘든 경쟁을 뚫고 1짜를 외친들 주어진 시간은 한 시간도 채 안 됐지만, 그래서 더 달콤했는지도 모르겠어요. 지금은 마음먹으면 뭐든 할 수 있는 어른이 됐지만, 가끔은 할 수 없었던 게 더 많았던 어린 시절이 그립기도 합니다.

초등학교 시절 친구들 사이에서 가장 인기 있었던 게임은 '메이플스토리'였죠. 한창 유행할 때 나도 일주일 동안 틀어박혀서 열심히 했어요. 하루는 친구가 집에 놀러 와서 내 캐릭터를 보더니 "어?" 하는 거예요. 요지는 이렇게 키우면 안 된다는 거였습니다. 내 마음대로 능력치를 올려놓은 바람에, 이건 레벨업을 해도 힘 한번 제대로 못 쓰는 쓸모없는 캐릭터가 된다는 거죠. 그렇다고 능력치를 다시 찍는(?) 방법도 없었어요. 오기가 나서 그날로 캐릭터를 삭제했어요.

커서 보니 우리 인생도 메이플 스토리랑 별반 다를 게 없더라고요. 메이플 스토리는 나에게 인생의 깨달음을 준 가장 철학적인 게임이었어요.

시작할 때 캐릭터를 생성해요. 그때까진 벌거벗은 채로 얼굴만 다르게 생겼어요. 그런데 레벨 10이 되면 직업을 가져야 합니다. 어쌔신이 될 건지, 마법사가 될 건지에 따라 올려줘야 할 능력치가 다 달라요.

태어나서 제대로 즐겨보지도 못한 채 책상 앞에 앉아서 직업을 정해야 하고, 그 직업에 맞는 능력치를 얻기 위해 학원에 가야 하는 우리 인생이랑 똑같잖아요. 따지고 보면 걔들이 좀 더 나아요. 마법사가 질리면 어쌔신 하나 더 만들면 되고, 그것도 마음에 안 들면 싹 다 지우고 새로 시작하면 되니까요.

불행인지 다행인지 모르겠지만 게임 캐릭터는 조종하는 대로 모든 게 결정되지만 사람 인생은 그렇지 않다는 거. 많이 갖고 태어난 놈도, 적게 갖고 태어난 놈도 어떻게 보면 다 똑같은 놈들이에요. 많이 갖고 태어나면 사고 싶은 걸 다 살 수 있지만, 가진 걸로 늘 행복할 수는 없거든요.

많이 갖는 게 행복이라면, 내가 존재하는 오늘은 살아볼 만한 세상이 아닐 거예요. 모든 게 다 모순이고 불공평하거든요. 서른도 안 된 인생을 살았지만, 가장 행복했던 순간은 내가 노력해서 뭔가를 이뤄냈을 때, 남들이 다 안 될 거라고 장담한 일들을 여봐란듯이 해낼 때였던 것 같아요. 사회가 뭐라고 해도 내가 하고 싶은 거 하겠다는 최소한의 반항아 기질, 이것이 주어진 환경을 극복하는 마스터키가 아닐까 싶어요.

사회가 뭐라고 해도
내가 하고 싶은 거 하겠다는
최소한의 반항아 기질,
이것이 주어진 환경을 극복하는
마스터키가 아닐까 싶어요.

단추

셔츠 안쪽에는
항상 여분의 단추가
달려 있습니다.

친구가 상실감으로
힘들어한다면
빈자리를 채울
단추가 되어주세요.

필요할 때까지 나서지 않고,
말없이 옆자리를 지키는 마음…….

그 마음에
이미 위로를 받습니다.

173

솜사탕

요즘 느끼는 감정이
사랑인지 아닌지 헷갈린다면
솜사탕을 떠올려보세요.

끈적함보다 달콤함이
먼저 떠오른다면
사랑하는 중입니다.

\+

\+

    감정은 나 혼자서 만들지 않습니다. 짜증도 기쁨도 누군가와 함께 일 때 느낄 수 있어요. 전부 다 마음에 안 드는 날에는 집에 혼자 있고 싶지만, 조금만 지나면 또 누군가와 함께 있고 싶은 마음이 드는 게 사람입니다. 그렇기에 사람은 사람을 떠나서 살 수 없는 존재인 건 맞 지 싶어요.

이 글을 쓰면서 사람에 대한 감정 표현이 뭐가 있는지 곰곰이 생각해봤어요. 싫은 감정은 질투, 짜증, 권태, 혐오 등이 있죠. 그런데 좋은 감정 표현은 사랑 하나밖에 떠오르질 않네요. 그만큼 인간이란 본디 악한 존재인지 아니면 누군가를 좋아하기가 그토록 힘이 들어서 그런 건지 잘 모르겠어요.

삶에 대한 욕심이 있는 사람들은 그만큼 열등감도 심한 것 같아요. 그래서 타인을 진심으로 사랑하기가 어려워요. 특히 나보다 공부 잘하고, 연봉 높은 사람한테…….

남을 사랑하지 못하는 나를 한심하게 생각하진 말아요. 지극히 자연스러운 일이에요. 우리 사회가 그렇게 가르쳤을 뿐이에요. 누군가를 이겨야만 내가 얻을 수 있다고 교육받고 자랐기 때문에 대학교 입시를 거치고, 취직하는 과정에서 꼭 누군가를 이겨야만 했거든요. 상대에 대한 질투심을 느끼는 건 지극히 정상적인 생각이라는 거예요. 오죽하면《쌤통의 심리학》이라는 책도 있을까요.

나도 마찬가지예요. 늘 열등한 존재이기 때문에 누군가를 진심으로 사랑하는 게 무척 힘들어요. 그렇지만 이제 조금은 알 것 같아요. 성취감도 사랑하는 사람들이 진심 어린 박수를 쳐줄 때 행복으로 다가온다는 것을…….

존재

세상에
'그냥' 존재하는 것은
없습니다.

손에 쥐고 있는 펜,
밥 먹을 때 쓰는 숟가락,
무심코 버리는 전단지까지…….

누군가의
철저한 기획과 실행력,
수많은 시행착오 끝에
만들어진 것들입니다.

고개를 들어
주위를 살펴보세요.

눈에 보이는
모든 것이 발명품입니다.

오늘도 우리는
수많은 영감 속에서
살고 있습니다.

주사위

카지노에서 사용하는
주사위를 만들 수 있는 나라는
5개국도 안 된다고 합니다.

파인 홈의 개수는 전부 다르지만,
여섯 면의 무게중심이
모두 같아야 하기 때문입니다.

주변을 둘러보면
대충 만들어졌을 것 같지만
그렇지 않은 것이 많습니다.

대표적으로
삶이 그렇습니다.

+

+

멍 때리고 있던 중 페인트 벗겨진 의자 하나가 눈에 들어왔어요. 짐작컨대 딱 나만큼 살았을 것 같은데 얼마나 고생했는지 여기저기 파이고, 틈으로 못이 튀어나와서 내가 앉았다간 3분을 못 버티고 부서져버릴 것 같았어요. 의자를 보고 있자니 문득 생각 하나가 스쳤습니다.

'저렇게 쓸모없어진 의자도 누군가는 심혈을 기울여서 만들었겠지.'

지금 앉은 곳에서 주위를 한번 둘러봐요. 발로 툭툭 차고 다니는 리모컨, 겨울 코트의 무게를 견디는 옷걸이, 심지어 두루마리 휴지에 새겨진 무늬까지……. 누군가는 한 롤의 두루마리 휴지를 만들어내기까지 많은 고민을 했겠지요. 어떤 재질을 사용하고, 제조방식은 어떻게 하며, 포장지에 어떤 디자인과 문구를 써야 사람들이 좋아할까. 세상에 나고부터 매일 쓰는 두루마리 휴지에 대해서 처음으로 깊은 고찰을 해봤어요. 이제는 두루마리 휴지 한 장도 소중히 사용해야겠어요.

한편으로는 이런 생각도 들었어요. 두루마리 휴지 하나에도 규칙이 있고, 체계라는 것이 있는데 하물며 사람 인생은 오죽할까. 우울함이 덮치는 날엔 내 인생만 허무한 것 같고, 사는 게 의미 없다 싶기도 하

겠지만 그런 생각이 들면 두루마리 휴지를 바라보자고요. 그럼 이 땅
에 내가 그냥 존재하는 게 아님을 알 수 있을 것 같아요.

의자를 보고 있자니
문득 생각 하나가 떠올랐습니다.
'저렇게 쓸모없어진 의자도
누군가는 심혈을 기울여서 만들었겠지.'

칫솔과 치약

치약 없는 칫솔은
의미가 없습니다.

칫솔이 아무리
좋아도 말이죠.

사람 사귐이 그렇습니다.

나라는 칫솔이 온전히
제 기능을 다하기 위해선
반드시 치약이라는
짝꿍이 필요합니다.

운이 좋아
치약과 연인이 될 수 있다면
매일 밤 양치질만 하고 싶을 거 같아요.

도마

도마는
예리한 칼날을
아무런 상처 없이
견뎌냅니다.

사람은
날카로운 것에 베이면
상처가 나고
시간 속에서 아물어갑니다.

우리 마음은
도마처럼 날카로운 칼날을
상처 없이 견뎌낼 순 없습니다.

그렇기에 시간이 지나면 스스로
회복할 피부 같은 마음이
조금 필요한 것 같습니다.

한 살 한 살 먹을수록 '막말러(막말하는 사람)'의 밀도가 높아짐을 체감하는 요즘입니다. 반경 10미터 안에 생각 없이 말하는 인간의 쪽수가 늘어나는 건 기분 탓일까요.

20대의 첫 사회생활은 대부분 아르바이트이잖아요. 호기심이 많아서 스무 살 때부터 안 해본 일이 없을 정도로 이것저것 많이 했는데, 그런 만큼 이상한 인간들도 참 많이 만났어요. 청소하라고 해서 청소했더니 왜 청소하냐고 혼내는 치킨집 사장님, 사고는 본인이 쳐놓고 일이 이 지경이 될 때까지 뭐 했냐고 직원을 나무라는 제조 공장 사장님까지……. 친구한테서 오는 막말은 받아치면 그만이고, 정말 싫으면 안 보면 되잖아요. 그런데 돈을 받는 조직에서 만난 상사한텐 그럴 수가 없어요. 대들지도 못하고 말 예쁘게 하라고 훈육할 수도 없는 '님'이라서 미칠 노릇입니다.

권위를 가진 사람이 주는 막말은 견디기 힘든 상처가 되곤 합니다. 나이가 어리고, 경험이 부족할수록 받아들이는 상처는 더욱 커지는 것 같아요.

팟캐스트 방송을 처음 시작했을 때, 준비가 부족했던 터라 비난의 화살이 매섭게 날아왔어요.

'발음이 왜 그러냐?'

'너는 조선족이냐?'

'참 헤프게 웃는다.'

그땐 그렇게 생각했어요. 관심을 받은 대가로 받아들여야 한다고 말이에요. 아무리 그래도 저 역시 사람인걸요. 그런 댓글들이 계속 달리면 기분이 나빠요.

하루는 한 사람이 무려 게시판 3페이지에 달하는 악성댓글을 다는 거예요. 새벽 1시에 저도 맞받아치기에 돌입했어요. 악성댓글이라고 화내면 하수잖아요. 그래서 웃는 이모티콘 '^^'을 달아가면서 모든 댓글에 반박했어요.

중요한 건 그런다고 기분이 나아지진 않는다는 거예요. 심지어 그 사람 하나 처리하고 났더니 또 다른 사람들이 악성댓글을 달기 시작해요. 그때 느꼈어요. 세상엔 고운 마음씨를 가진 사람만 모여 살진 않는구나! 반경 10미터 안에 막말을 하는 사람은 반드시 존재하는구나! 그들을 일일이 다 가르칠 순 없구나!

상처를 견디는 가장 좋은 방법은 주는 사람은 상처를 줬지만, 받는 내가 상처로 받지 않는 거예요. 그러면 상처는 주려고 했던 사람한테 머물게 되죠.

알고 있지만, 마음이 힘들어서 상처가 곧이곧대로 흡수되는 날이 있어요. 그럴 땐 그냥 상처로 받아들여요. 우리는 칼질을 아무런 상처 없이 견디는 도마가 아니잖아요. 대신 우리에겐 피부가 있어요. 상처를 줘도 시간이 지나면 자연스레 치유가 되는 게 사람이에요. 상처가 조금 아물고 나면 신나게 복수해줘요! 내 마음속에 있는 사람의 집합에서 그 사람들의 이름을 빼버리는 거예요. 최소한 걔네가 사람이었다면, 사람한테 지켜야 할 도리를 알게 마련이거든요.

예술가

같은 일이지만
타인이 시켜서 하면 노동이고,
내 의지로 하면 예술입니다.

잠들기 전
오늘 하루를 되돌아볼 때
나는 노동자가 아닌
예술가였길 바랍니다.

소고기

소고기를 사준다 해도
돼지고기가 더 당기는 날이 있습니다.

고기도 먹어본 놈이 맛을 안다고
행복도 느껴본 놈이 느낄 줄 압니다.

그런 놈은 주저 없이
돼지고기를 택합니다.

+

+

　가끔은 내가 좋아하는 게 있나 싶기도 합니다. 오늘처럼 추운 날, 길
거리엔 죄다 롱패딩뿐, 그중에서 눈을 사로잡는 건 단연 평창 롱패딩
이 아닐까 싶어요. 올림픽에서 금메달 따기보다 구하기 힘들다는 롱
패딩을 당당히 입고 다니는 모습을 바라보며 나는 어디쯤 있을까 생

각해봅니다.

살면서 선택한 것들이 내가 원한 것들이었나 따져보면 물음표밖에 남지 않는 것 같아요. 대학교 안 가면 굶어 죽는다고 해서 대학교에 갔고, 취업 안 하면 진짜 굶어 죽는다고 해서 취업했더니 머릿속엔 '여긴 어디? 나는 누구?'라는 생각밖에 안 들어요.

살다 보면 하루에도 몇 번씩 이해할 수 없는 일들이 일어나곤 해요. 지하철에서 다리 쩍 벌리고 앉는 사람, 남 밀치고 사과도 하지 않는 사람, 능력으로 평가한다면서 학벌에 따라 차등 점수를 매기는 인사 담당자……. 아무리 생각해도 쟤들이 잘못한 것 같은데, 아무런 사과도 하지 않는 그들을 보면 세상이 미친 건지, 내가 미친 건지! 결론은 미친 세상에 적응해야 한다는 건데, 그러자니 내가 미치겠다는 겁니다.

알고 보면 청춘이 여기까지 올 수 있었던 이유도 열심히 앞으로 가라고 등 떠밀어준 사회 덕분에 가능했어요. 이 힘든 여정을 혼자서는 하지 못했을 거예요(이건 뭐 감사해야 하나, 사과를 받아야 하나). 그 덕분에 좀 겁쟁이가 되고 말았어요. 때로는 진짜 밥 굶어 죽을까 봐 무섭기도 하고, 내가 하는 일들이 한심하기도 하고, 쪽팔리기도 하고 그래요.

그런데요. 사람은 타고난 입맛이 있다고 생각해요. 누구나 다 좋아

하는 삼겹살이 내 입에 맞지 않을 수도 있고, 연간 라면 소비량 전 세계 1위인 대한민국이라지만 나는 라면을 싫어할 수도 있는 거잖아요. 친구가 "소 사줄까? 돼지 사줄까?" 물으면, 남들은 "당연히 비싼 소를 먹어야지!"라고 말할지 몰라도 돼지고기가 더 좋을 수도 있고, 오늘 소고기가 안 당겨서 돼지가 먹고 싶을 수도 있잖아요. 그것도 껍데기로요.

열아홉 살까지는 멋모르고 책상 앞에서 당하기만 했으나, 이제는 속지 않으려고요. 19년 속아줬으면 많이 속아줬잖아요. 시인이 시만 쓰더라도 밥걱정 없는 그런 세상이 만들어졌으면 좋겠어요. 그렇게 만들어가고 싶어요.

컴퓨터

컴퓨터 계산은
정확할 거라 믿지만,
사실 컴퓨터도
많은 실수를 해요.

이를 흔히
'에러'라고 합니다.

사람도 마찬가지예요.

겉으로 보기에
완벽해 보이는 사람도
어딘가에 반드시 에러가 있어요.

그래서

완벽한 사람이 되기보다는

실수를 줄이는 사람이 되도록

노력해야 할 것 같아요.

노력

정말
노력했다면,
아쉬움은 남지만
실패가 남진
않습니다.

+

+

어렸을 때 이런 말은 귓등으로도 듣지 않았습니다. 지면 화나고, 실
패하면 억울한 줄로만 알았거든요. 시험은 20년을 넘게 봐도 볼 때마
다 긴장되고, 끝나면 허무하고 그렇잖아요. 매일이 안 되는 일을 받아
들여야 하는 순간의 연속이지만, 여전히 내성이 생기지 않는 것 같아
요. 꼭 이번이 마지막일 것 같은 기분이 자꾸만 들어서……

우리가 받는 모든 상처는 기대하고 노력했기 때문에 생긴다고 생각

해요. 노력하지 않으면 정말 편하거든요. 세상의 논리가 단순해져요. 노력하지 않았기 때문에 당연히 얻지 못한 것뿐이잖아요. 반대로 억울하고 세상의 부조리함을 아는 사람은 노력을 했기 때문이에요. 그러니까 자신을 한 번만 쓰다듬어줘요. 그래도 돼요.

'괜찮다. 열심히 했다.'

인사 담당자한테 잘 보이기 위해서 없는 형편에도 비싼 돈 들여 증명사진 찍고, 한 자 한 자 공들여 자기소개서를 쓰고, 주말마다 면접 스터디를 세 개씩 하면서 면접시험 준비를 했는데, 합격자는 임원의 자녀라는 사실을 알게 되었을 때! 정말 억울하잖아요.

우리도 쌀을 뿌려서 쌀알의 흩어진 분포를 보고 앞날을 점칠 수 있다면 참 좋을 것 같아요. 되는 것만 노력하면 되잖아요. 현실은 그렇지 않기에 될지 안 될지, 공평한지 불공평한지도 모르는 게임을 오늘도 하고 있죠.

불공평한 게임을 가장 공평하게 하는 방법은 딱 하나예요. 내가 좋아하는 게임만 하는 거예요. 지든 말든, 하는 동안 재밌으면 된 거죠. 어떻게 매일 이기기만 하겠어요? 질 때도 있지. 그리고 매번 이기기만 한 게임은 매력 없어요.

내가 노력하는 이유는 딱 하나예요. 어렵고 힘들어도, 그걸 할 때 제일 재밌으니까요. 마이크 잡고 남들 앞에 서는 게 때론 주제 넘는 것 같지만, 마이크를 잡을 때 행복하기 때문에 잡는 것뿐이에요. 마이크 대신 책상 앞에서 펜 잡으라고 하면, 때려죽여도 이제는 못 잡아요! 이만큼 했으면 됐잖아요.

이만큼 햇으면
됐잖아요.

평균

대한민국에서
평균을 벗어난다는 것은
앞으로 힘든 일만
남았다는 의미예요.

그렇지만
그 힘든 일이
내게는
놀이이면 그만인걸요.

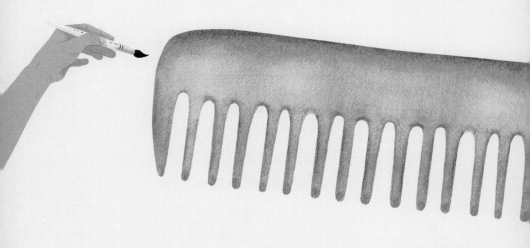

힘든 일이 내게는
놀이이면 그만인걸요.

머그컵

진정으로 나를 위한다면
회사에 둘 스타벅스 텀블러가 아닌
집에서 쓸 머그컵을 선물하세요.

주말에 마실 커피 한 잔을 위해
이기적으로 내 눈에만 예쁘면
그만인 것으로.

권리

네겐 말할 권리가 있고,
내겐 듣지 않을 권리가 있습니다.

말로 인해 자주 상처받는다면,
스스로 권리를 포기한 채
지내왔기 때문입니다.

+

+

'누구나 존중받아야 마땅합니다.'
　이 말을 도덕책에서 자주 보긴 했지만, 크고 나니 존중할 줄 아는 사람이 몇 안 됨을 절감합니다. 주변에는 욕을 밥 먹듯 하는 사람, 남 험담하기를 좋아하는 사람, 기어코 남 잘못되는 꼴을 봐야만 직성이 풀리는 사람이 득실거립니다.

스무 살엔 무서울 게 없었습니다. 내 신념은 '뒷담화'하지 않기였습니다. 그래서 불만이 생기면 대놓고 '앞담화(?)'를 했습니다. 직설적인 성격은 선후배를 가리지 않았고, 그 화살은 풍문과 뒷담화로 돌아왔습니다.

사회는 직설적인 사람을 좋아하지 않습니다. 존중받고 싶어 하는 얄팍한 마음을 잘 알기에, 입에 발린 소리로 상사의 비위를 맞춰줘요. 중요한 건 맞춰주고 난 뒤의 내 기분인 것 같아요. 그 인간이 너무나 싫은데 내 선배이고 상사라서 입에 발린 소리를 해줬더니, 시간이 지날수록 마음속에 응어리가 쌓여가는 거죠. 언제 폭발할지 모르는 불화산을 품고 산단 말이에요.

그럴 거면 차라리 앞담화를 해야 한다고 주장하는 바입니다! 고민은 늘 가지고 있는 사람의 몫이거든요. 정말 미운 친구한테 가식적인 칭찬을 해주고 마음속에 응어리가 남으면 그건 내 몫이지만, 할 말 다 해버리고 돌아서면 고민은 그 친구의 몫이 되죠.

이 방법이 너무 공격적이라면 반대로 수비를 하는 방법도 있습니다. 상대방은 자기 입으로 아무 말이나 뱉을 권리가 있고, 난 그걸 듣지 않을 권리가 있습니다. 마음속으로 이렇게 생각하는 거예요.
'저건 사람이 아니다, 사람이 아니다!'

주문을 몇 번 외다 보면 신기하게, 상대가 하는 말이 아무렇지 않게 들리기도 해요.

선물을 건넸지만, 받지 않으면 선물은 건넨 사람의 것이 되잖아요. 결국 그 인간은 내게 막말을 선물했지만, 내가 받지 않았기 때문에 막말은 그 인간의 것이 되죠.

건방지게 그 누구도 나를 상처받게 할 권리는 없습니다. 나는 상처를 받겠다고 한 적도, 달라고 한 적도 없거든요.

건방지게 그 누구도
나를 상처받게 할 권리는 없습니다.
나는 상처를 받겠다고 한 적도,
달라고 한 적도 없거든요.

만족

나ㄱ남.

남을 만족시키는 것은
나를 만족시키기 위한
한 가지 방식일 뿐입니다.

온전히
나를 만족시키기 위한
오늘을 살아요.

그러면 모두를
만족시킬 수 있습니다.

흑연

흑연과 다이아몬드는
둘 다 100퍼센트 탄소로
이루어져 있습니다.

단지 원자 배열에 따라
손에 묻히기 싫은 흑연이 되기도,
누구나 손 위에 올려놓고 싶은
다이아몬드가 되기도 합니다.

사람도 마찬가지입니다.
누구나 사귀고 싶은 사람이 되려면,
올바른 마음 배열이 필요합니다.

+

+

고1 겨울방학이 다가오면 중대한 기로에 섭니다. 문과냐, 이과냐! 어렸을 때부터 만드는 걸 좋아했고, 책 읽는 걸 무지무지 싫어했습니다. 커서 일을 해야 한다면, 뭔가 만드는 일로 밥벌이를 해야겠다는 생각 하나로 단칼에 이과를 택했습니다. 그 선택을 가장 후회하게 만든 건 화학 시간이었습니다.

18년 동안 봉지는 물건을 담는 검은 비닐이라고만 생각했지, 그 검은 봉지의 화학구조에 대해 단 한 번도 관심을 가져본 적이 없거든요. 물론 지금도 알고 싶지 않아요. 결정적으로 화학이 싫었던 건 1+1=3이 될 수 있는 학문이라는 거예요. 정직 반듯한 공식만 보고 살아온 내게 이런 발상은 스트레스였습니다.

지금 생각해보면 당시 문과 기질이 조금 있었나 봐요. 하루는 탄소 구조를 배우는 날이었는데, 선생님이 다이아몬드랑 흑연 모두 탄소로만 구성되어 있다는 거예요. 단지 원자 배열이 다르기 때문에 흑연과 다이아몬드로 갈린다는 것(사실 원자 배열이었는지, 분자 배열이었는지 기억이 가물가물 확실하지 않아요)! 친구들은 화학적 특성에 관심이 있을 때, 나는 인생의 허망함을 고찰하고 있었어요.

똑같은 놈으로부터 나왔는데, 어떻게 한 놈은 모두가 손 위에 올려 놓고 싶어 하는 다이아몬드가 되고, 한 놈은 손에 묻히기도 싫은 흑연이 되는지……. 세상 참 불공평하다는 생각이 들었어요.

이제 와서 보니 사람도 마찬가지인 것 같아요. 생물학적 관점에서 보면 사람은 누구나 동일한 요소로 이루어져 있잖아요. 그리고 똑같은 감정이라는 것도 가지고 살아요. 그런데 누군가는 다이아몬드처럼 함께하고 싶은 사람이 되기도 하고, 흑연처럼 가까이 지내기 싫은 사람이 되기도 해요.

마음 배열의 문제인가 봐요. 완벽한 인간이란 존재하지 않기 때문에, 그 사람의 좋은 점과 안 좋은 점이 같이 보이게 마련이잖아요. 그렇지만 웬만하면 안 좋은 점보다는 좋은 점을 먼저 보려 노력하고, 슬픔보다는 기쁨을 나누려 노력할 때 그 사람이 다이아몬드가 되는 것 같아요.

드디어 제대로 가기 시작한 것입니다.

지름길

지름길로 가지 않는 건
뒤처지는 것이 아니라,
드디어 제대로 가기
시작한 것입니다.

아메리카노

아메리카노도 원두에 따라
신맛, 단맛이 있습니다.

그러한들
커피를 싫어하는 사람에게는
단지 쓴맛에 불과합니다.

선입견의 틀로 바라보는 사람,
내 눈에는 가식에 불과합니다.

알고 보면 그 사람에게도
따뜻함과 양보하는 모습이
있을지 모르는데 말이죠.

알고 보면 그 사람에게도
따뜻함과 양보하는 모습이
있을지 모르는데 말이죠.

양말

맨발로 신으면 꼭 맞던 신발이
양말을 신는 순간 맞지 않을 때가
있습니다.

평소 우리는
거창한 신발을 신느라
눈에 잘 띄지 않는 양말에
무심했던 거죠.

때로는 얇디얇은
1,000원짜리 양말 한 켤레가
20만 원짜리 신발의 가치를
결정하기도 합니다.

'님'이라는 글자에 점 하나 찍으면 남 된다는 노랫말처럼 한 끗 차이의 억울함을 실감하는 요즘입니다. 큰마음 먹고, 24켤레 한정 판매하는 신발을 사겠다 씻지도 않고 달려갔더니 25번째 고객이었고, 에스컬레이터 제쳐놓고 뛰어 내려갔더니 '7분 후 도착'이라는 메시지가 지하철 전광판에 뜰 때, 왜 나한테만 이러나 싶을 정도로 억울함이 북받쳐 오릅니다.

우리는 늘 시간이라는 한 끗에 치이면서 살아요. 개인적으로 이 원인은 전부 대한민국 입시제도에 있다고 생각합니다. 사당오락(四當五落). 4시간 자면 붙고 5시간 자면 떨어진다는 어이없는 말……. 고등학생에게 공부하는 시간을 제외한 모든 시간은 쓸모없는 시간이라고 격려해준 덕분에 나 또한 고등학생 때부터 1분만 남아도 영어 단어를 외워야 한다는 강박에 시달렸고, 독서실 문 닫을 때까지 버티고 앉아있어야 잘하는 건 줄 알았습니다.

딱 5분만 일찍 출발하면 되는데, 하던 것 마저 다 해야 한다는 그 강박이라는 놈 때문에 마지노선이 되어서야 다음 스케줄로 향하고 결국 지하철 하나 놓치면 코리안 타임에 적용받는 사람이 됩니다.

공부만 잘하면 된다는 사회관념 덕분에, 남을 3분 정도 기다리게 하는 것쯤에는 아무런 죄책감을 느끼지 않는 사회가 된 것 같습니다.

학원에서 아이들을 가르칠 때였습니다. 5학년 반에 동네에서 공부 좀 하는 아이가 있었는데, 공부 잘한다는 이유만으로 잘못된 행동에 대해서 아무도 혼내지 않는 거예요. 하루는 이 친구가 과자를 던져서 먹다가 바닥에 떨어뜨린 거예요. 내가 주으라고 했습니다. 들은 척도 안 합니다. 한 번 더 주으라고 말했습니다. 그랬더니 옆에 있는 친구를 툭 치면서 "왜 떨어뜨리고 그래!" 하며 큰 소리를 칩니다. 마지막으로 이름을 부르면서 주으라고 했습니다. 기어이 과자를 줍습니다. 그런데 다음 상황이 더 황당합니다. 주운 과자를 친구들이 먹던 과자 통에 도로 집어넣는 거예요. 상식적으로 도무지 이해가 안 돼서 혼을 냈습니다. 웬걸, 다음 날 엄마가 쪼르르 달려옵니다. 내 새끼 혼냈다고…….

살다 보면 여러 가지 한 끗이 인생을 결정하는 것 같습니다. 친구 만나러 갈 때 5분 일찍 나가기, 욕을 뱉고 싶을 때 목구멍까지 다시 밀어 넣기, 포기하고 싶을 때 한 번 더 해보는 것! 늘 한 끗 차이 때문에 억울하다고 생각했지만, 사실 그 한 끗이라는 게 차이를 만드는 전부였을지도 모르겠다는 생각이 들었습니다.

인정

한마디 칭찬은
일상을 부드럽게 하는
윤활제가 됩니다.

그러나
갈구하는 순간,
열등감이라는 기름때로 변질되어
삐거덕거리기 시작합니다.

.

부침개

눈을 감으면,
빗방울 떨어지는 소리와
부침개 부치는 소리가
같습니다.

한쪽 면만 놓고서는
대상의 본질을
알 수 없습니다.

사람 또한 그렇습니다.

+

+

시간이 갈수록 사람을 사귀는 게 쉽지 않음을 알아가지만, 만남은
늘 예고 없이 갑작스레 다가오곤 합니다. 기껏해야 친구의 친구를 만

나는 게 새로운 만남의 전부였던 10대와는 좀 다르잖아요. 그리고 사회는 이런 만남에 익숙해지라고 강요하기도 해요.

우리는 익숙하지 않아서 실수를 저지르곤 합니다. 그 사람이 어떤 사람인지 잘 알지도 못하면서 한 면만 보고 전체를 결정할 때가 있습니다.

저번 주부터 다시 헬스클럽에 나가기 시작했어요. 그동안 몸에 너무 많은 죄를 지은 것 같아 이제는 좀 보듬어주려고요. 8시에 억지로 일어나서 헝클어진 머리로 운동하러 가면 늘 같은 시간에 헬스장을 나오는 분이 있습니다. 또래일 것 같은데 첫인상이 너무나 강렬했어요. 위협적일 만큼 '펌핑'이 된 몸에 가슴 다 비치는 나시를 입고 늘 어깨에 힘을 주면서 다녀요. 처음 본 순간 생각했어요.
'까칠하게 생겼네.'

운동하다가 숨이 턱 끝까지 차오르면, 만사가 귀찮아요. 옆에서 누가 말을 걸면 괜히 짜증스레 대답이 나가죠. 부끄러운 고백이지만, 열심히 운동하고 있을 때 다리 툭툭 치고 지나가는 아주머니! 미워했어요. 하루는 그 아주머니가 펌핑된 몸을 소유한 내 또래의 그를 치고 지나간 거예요. 어깨 운동을 하는 기구 앞이 많이 좁은데, 아주머니는 늘 그 앞을 지나서 정수기로 향합니다. 옆에서 지켜보고 있었는데, 난 당연히 까칠하게 대할 거라 생각했어요. 아주머니는 치고 지나가도 미안하단 말을 하지 않으시거든요. 웬걸! 도리어 사과를 하고는 그 무거운 기구를 뒤로 싹 밀어버리는 거예요.

의문의 1패였습니다. 그렇게 싹싹한 사람일 거라고는 생각도 못 했거든요. 오죽하면 오해해서 미안하다고 오지랖 떨면서 커피라도 한 잔 살 마음이 생겼을까요. 질투가 났어요. 몸도 좋은데, 마음씨까지 넓잖아요. 어느 누가 안 좋아할까요? 순간 나보다 몸이 좋다고 질투했던 나 자신이 너무 초라하게 느껴졌죠. 몸도 졌고, 마음도 졌어요.

부끄럽지만, 나도 기분이 나쁘면 마음대로 남을 판단할 때가 있어요. 사람이다 보니 내 기분에 충실한 날도 있거든요. 오늘도 반성합니다.

빗소리와 파전 굽는 소리가 같더라도 냄새 맡기 전에 함부로 파전을 굽는다고 단정하지 않을 것!

한쪽 면만 놓고서는
대상의 본질을 알 수 없습니다.
사람 또한 그렇습니다.

할 일

오늘 할 일은
어제 꿨던 꿈 이루기.

안경

안경을 쓰면
안 보이던 것들이
선명히 보입니다.

문제는
보고 싶지 않은 것들도
보인다는 것입니다.

요즘 힘든 일이
많이 보이는 건
안경을 써서
그런지도 몰라요.

렌즈를 한번 닦아주세요.

힘든 일보다 기쁜 일이
훨씬 더 많이 보일 거예요.

그러려고 안경을 쓴 거니까.

걱정

한 사람에게 주어진
두려움의 총량은 모두 같습니다.

단지 사는 동안
얼마만큼 빠르게 없애느냐에 따라
삶의 질이 달라질 뿐입니다.

+

+

　　스무 살에는 거침이 없었습니다. 자기계발서를 읽으면 내 인생도
술술 풀릴 것 같았고, 고난과 시련은 내 발목을 잡을 수 없을 거라는
오만함이 있었어요. 그런 믿음이 나쁜 영향보다 좋은 영향을 많이 끼
쳐서 후회는 없지만, 그만큼 실패를 마주했을 때 현실을 있는 그대로
받아들이기가 힘들었습니다.

겸손한 척했지만 남들이 잘한다 잘한다 해주면 진짜 내가 잘하는 줄 알았던 거 같아요. 2015년에 팟캐스트 '모티브 브릿지'를 시작하면서 많은 사랑을 받았습니다. 방송 오픈 3주 만에 상담 분야 1위를 기록하면서 기대와 달리 승승장구했어요. 생각해보면 내 덕에 잘된 것도 아닌데, 착각하고 있었던 거죠. 스스로가 뭐가 된 듯싶었고 어느 순간 어깨에 힘을 주고 있었습니다.

팟캐스트 인기에 힘입어 콘텐츠 시장을 주름잡고 싶었습니다. 그래서 서울시 청년창업센터에 스타트업으로 지원했고, 1차 합격을 해서 3개월간 2차 면접에 들어갔어요. 당시 용인에서 회사를 다니고 있었거든요. 청년창업센터까지 1시간 30분 거리인데, 센터에 출근 도장을 찍어야 했기 때문에 새벽 5시에 집을 나서 장지동에 출근 도장을 찍고, 다시 용인으로 출근했습니다.

스스로 열정적이라고 생각했어요. 이렇게 열심히 하는데 나를 떨어뜨릴까 하는 마음도 있었고, 이미 졸업한 선배가 반드시 된다고 걱정하지 말라 했죠. 천생 성격이 꼼꼼해서 결과가 나오기 전까지 단정하는 성격이 못 돼요. 그래서 남들이 우쭈쭈 해주는 말도 잘 듣지 않습니다. 그런데 그땐 왜 그랬는지 모르겠지만 선배의 말을 믿었어요, 100퍼센트로. 회사에 사직서를 제출했고, 다음 날 서울에 있는 고시텔로 숙소를 옮겼어요. 이사한 이유는 2차 면접을 통과해서 정식 출근

할 거라는 믿음 때문이었죠.

결과는? 여러분의 예상대로 떨어졌습니다. 단 한 번도 떨어질 거라는 생각을 해보지 않았죠. 왜냐하면 나는 상담 분야 1위 팟캐스트 진행자였으니까요. 길거리를 걸어 다녀도 누구 하나 알아봐주지 않는 일반인인데 혼자 뭐라도 된 양 거들먹거렸나 봐요.

그때 이후로 두려워하고 걱정하는 법을 배웠습니다. 일상이 낙천적인 사람임에도 때론 '반짝 떴다 지는 별이 되지 않을까', 지금은 강연을 해달라고 연락이 오지만 '어느 순간 아무도 날 찾지 않으면 어쩌지?', 사람들과 떠드는 게 인생 최고의 낙인데 '그 낙이 사라져버릴까 봐' 무서워요.

걱정과 두려움이 찾아오는 건 막을 수가 없어요. 그건 그것들의 권리이거든요. 대신에 집 앞까지 찾아와도 문을 열어주지 않는 건 우리의 권리잖아요. 오늘도 수많은 두려움과 걱정거리를 안고 살겠지만, 주저 없이 문전박대할 수 있기를 두 손 꽉 쥐고 응원합니다.

자전거

기어가 풀리면
페달이 헛돌듯,
주관이 풀리면
삶이 헛돕니다.

헤이즐넛

시럽 한 방울로
쓴 커피가 감미로워지듯,
칭찬 한 방울로
쓰디쓴 월요일이 달큰해집니다.

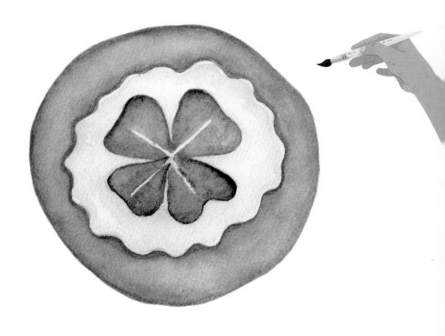

덕

덕이 높은 사람도
상대가 자기 의견에 반대할 때,
그 순간이 달갑지만은 않습니다.

중요한 건
그 순간이 지난 후
다름을 인정하고 싸움이 아닌,
토론을 할 수 있는 것!

그것이 덕일 것 같습니다.

+

+

　학생 때는 늘 1번부터 5번까지 보기 중 하나의 답을 찾는 오지선다
형 교육을 받았습니다. 커서도 그 습성을 버리지 못해, 인생이라는 시

험에서도 보기를 놓고 하나의 답을 찾으려고 애쓰곤 합니다. 시험은 늘 어렵게 마련이고 결국 선택한 답은 내가 생각한 것인데 말이죠. 만약에 친구가 다른 답을 선택했다면, 솔직히 친구의 답이 틀리길 바랄 거예요. 그래야만 내 답이 맞을 수 있잖아요.

인간관계에서도 오지선다형 시험은 유효한 것 같습니다. 상대가 틀려야만 내가 답이 된다는 강박 때문에, 타인의 의견을 존중해주기가 힘듭니다. 그렇게 했다간 꼭 내가 틀린 사람이 되는 기분이라서 말이죠.

나는 공대를 나온 터라 남들보다 한술 더 뜨는 사람입니다. 대학교 가면 미적분 안 할 줄 알았는데, 1학년 시간표를 받고 보니 일반 미적분학이 떡하니 있는 거예요. 공대는 경영대처럼 팀플이 많거나 발표를 많이 하는 수업이 아니에요. 두꺼운 역학책 펼쳐놓고 혼자 머리 박고 열심히 문제 풀고, 답만 잘 맞추면 되거든요. 오죽하면 고등학교 4학년이라는 말까지 나오겠어요. 그래서 똥고집이 셉니다. 또한 공대생들은 처음 보는 사람들과 편안하게 어울리기 힘든 음지의 기운을 가지고 있어요(고로 여성 여러분, 남자 공대생은 만나지 마세…… 음……).

이런 말이 있습니다. 노동자의 인권을 위해서 일하는 노동조합 안에 또 다른 노동조합을 만든다면 노조위원장이 좋아하겠냐! 사람의

다름으로 인해
스트레스를 받지 않을 것,
그냥 바라볼 것!

마음은 별반 다르지 않거든요.

　우리의 하루에도 사색이라는 시간이 필요할 것 같습니다. 창문을
바라봐도 좋고, 방에서 멍을 때려도 좋아요. 단 3분이라도 좋으니 스마
트폰을 잠시 무음으로 해놓고, 그냥 멍하니 사물을 바라보는 시간을
가져봐요. 눈에 들어오는 모든 사물은 그냥 만들어지지 않았고 누군가
의 고민이 묻어서 만들어졌음을 깨닫게 됩니다. 철사로 엮인 하찮은
옷걸이일지라도 옷을 거는 용도로 사용됨을 인정해줘야 해요.

　하물며 사람은 어떻겠어요. 옷걸이도 그 자체로 인정받아야 마땅한
데, 타인이 나와 다른 의견을 가지고 있다 해서 그가 틀렸다고 말하면
안 되잖아요. 친구의 의견을 내 의견과 일치시키려 하지 않을 것, 친구
의 의견을 있는 그대로 존중해줄 것, 다름으로 인해 스트레스를 받지
않을 것, 그냥 바라볼 것!

비탈길

같은 비탈길이지만
지나는 사람에 따라
오르막길이 되기도,
내리막길이 되기도 합니다.

수도꼭지

우리는 3일 운동을 하고
5킬로그램이 빠지길 바랍니다.

조금의 노력에도
곧바로 성과가
나타나길 바라지요.

하지만 그런 일은
수도꼭지를 열어
물 트는 일밖에 없습니다.

+

+

쉽게 얻고 싶은 마음은 누구나 마찬가지일 거예요. 가끔 이런 순리를 따르지 않는 사람들을 볼 때면 내심 맞장구를 칩니다. 나는 탁구를 시작할 때 한 시간 배워놓고 1년 배운 사람보다 잘 치고 싶었고, 헬스장 3개월 나갔으면서 3년 운동한 사람과 비교해 초라하다고 느꼈거든요.

요즘은 침착과 게으름 사이를 잘 모르겠습니다. 작년 겨울에 유난히 바빴어요. 매일같이 시간에 쫓기며 지하철을 뛰어다니다 보니 마음이 지쳐갔고, 거의 공황장애 일보 직전에 이르렀습니다. 다가오는 시간만 보면, 식은땀이 나고 가슴이 답답해졌어요. 하루는 내가 이러다 우울증 걸릴 것 같다는 생각이 문득 들었어요. 태어나서 그런 생각이 든 건 처음이었어요. 가진 건 없어도 마음만은 부자라며 늘 긍정적으로 살던 내게 우울한 감정은 모든 걸 집어삼킬 만큼 무서운 존재였어요.

그래서 올해 나만의 지침을 정했습니다. 에스컬레이터에서 걷지 않기. 에스컬레이터를 타고 내려가는 동안 막 도착한 지하철이 출발하려 해도 달려들지 않기! 우울한 나를 치유하기 위해 스스로 내린 처방입니다.

또 하나, 커피 내리는 동안 그 순간에 집중하기. 아침밥은 안 먹어도 모닝커피 안 마시고는 못 사는 사람이라 매일 아침 드립커피를 내려 마셔요. 바쁜 아침과 달리 드립커피는 느림의 상징이잖아요. 한 손으로 우아하게 원을 그리며 물 붓는 여유를 동경했죠. 하지만 현실은 물 대충 부어놓고, 빨래 널고, 가방 챙기고, 다시 주방 가서 물 붓고, 다 내려가는 동안 옷 입고 그랬어요. 그렇지만 이제 커피 내리는 동안 그저 커피만 내려보려고요. 이래야만 느리게 사는 연습을 할 수 있을 것 같으니까요.

한 가지 딜레마가 생겼어요. 에스컬레이터에서 걷지 않는 것도 좋고, 우아하게 커피를 내려 마시는 것도 좋은데, 이런 작은 시간들이 모여서 자꾸만 하나의 일들을 못 하게 되는 상황이 벌어지곤 해요. 평소 같았으면 책도 두 권씩 읽었을 텐데 요즘은 한 권밖에 못 읽는다든지,

빠른 걸음으로 가던 헬스장을 느리게 가서 아령을 한 번 더 못 든다든지……. 느리게 살아서 좋긴 한데, 인생의 효율이 떨어지는 기분이랄까요. 그런 느낌이 자꾸 들다 보니, 게을러진 건지 비로소 인간다운 삶을 살게 된 건지 잘 모르겠어요.

모든 일이 좋은 결과로 끝맺기 위해선 그만큼의 시간이 든다는 걸 머리는 알고 있지만, 손발이 이해하지 못하는 것 같아요. 그래서 늘 비교하고 열등한 존재임을 스스로 자처하는 것 같아요.

한 걸음 느리게 걷는 오늘이 어떤 결과를 가져올지 모르겠지만, 눈앞에서 꽃이 피고 지는 걸 눈치챌 수 있다면 그 인생도 나쁘지만은 않은 것 같아요.

가방

어린 시절,
가방이랄 것도 없이
바지 양쪽 주머니면
충분했습니다.

지금은 집 앞조차
가방 없이 나가는 게
어색한데 말이죠.

어른이 된다는 것은
챙겨야 할 게
많아지는 건가 봅니다.

선글라스

세상은 그렇게 나쁘지 않습니다.

매일같이 어둡게만 보인다면,
그건 세상이 어두운 게 아니라
내가 선글라스를 끼고 있는 것입니다.

+

+

한때 몸매 찬양으로 기사를 뒤덮던 시기가 있었다면, 요즘은 금수저 기사가 더 화젯거리인 듯합니다. 그중에서도 단연 이목을 집중시키는 건 연예인 금수저이죠. 병원장 아버지를 둔 아이돌, 연기하는 대기업 회장님 손녀딸……. 금수저를 물고 태어난 것이 자기 선택도, 비난받을 이유도 아니지만 이들을 바라보는 대중의 시선이 곱지 않은 건 사실이에요.

'우린 이렇게 고생하면서 사는데…….'
딱 이 마음 하나일 거예요. 그들이 금수저로 태어난 것도, 우리가 금수저로 태어나지 못한 것도 둘 다 우리 선택은 아니었잖아요. 그렇기 때문에 우리가 만들어가는 삶은 공평해야만 해요. 그래야만 한다고 생각해요. 자본주의사회라서 태어날 때부터 계급이 정해져 태어난다면, 그리고 사는 동안 그 격차를 극복할 수 없다면 별로 살아볼 만한 인생은 아니겠죠.

이런 허무주의와 패배주의가 젊을수록 더 뼈저리게 다가오는 건지도 모르겠습니다. 특출할 것 없이 평범하게 태어났으면, 어려서부터 열심히 공부해야 하고 고등학생 땐 잠도 못 자면서 경쟁해야 하잖아요. 우리만의 리그에서 그렇게 해도 명문대에 들어가는 비율은 5퍼센트를 넘지 못하고, 그 자리에 앉지 못한 이들은 패배의식 속에서 사회에 진출해요. 원하지 않았지만, 다른 도리가 없어 짜인 길대로 갈 수밖에 없는 현실이 서럽기만 한 우리들만의 20대…….

우리들 눈에 비치는 금수저는 늘 편하게 사는 존재로 보이잖아요. 어려서부터 공부 좀 못해도 좋고, 공부 못하면 해외로 유학 가서 영어로 적힌 학위를 손에 쥐어 오고, 사회 속에서 그 능력을 인정받도록 만들어지기도 하죠. 공부가 영 아니면, 가수를 하기도 하고, 그마저 실패하더라도 오늘 타고 나갈 슈퍼카는 이미 준비되어 있으니까. 학자금 대출을 끼고 사회로 나가야 하는 흙수저 눈에 그들이 부럽지 않다면 거짓말일 거예요.

작년 겨울, 친구가 교통사고로 운명을 달리했어요. 그것도 같은 날 두 명의 친구가 동시에 떠났습니다.
'죽음이라는 게 이토록 쉬울 수도 있는 거구나…….'
친구의 부재를 인정하는 과정에서 처음으로 죽음에 대해 진지하게 생각해봤어요.

재벌그룹 손자는 주식을 갖고 태어날 순 있어도, 죽을 때 가져가진 못해요. 확실한 건 그들도 죽음을 피할 방법이 없다는 거죠. 어느 순간 우리 모두 죽는다는 점에서 인생은 공평한 것 같아요. 어쩌면 흙수저가 조금 더 나을 수도 있겠다 싶어요. 왜냐구요?

세상에는 불변의 법칙이 있어요. 역사상 단 한 번도, 금수저가 흙수저보다 많았던 적이 없어요. 그래서 우리는 아무런 거리낌 없이 옆 사람과 친구가 될 수 있었거든요. 가진 게 없어서 잃을 걱정 안 해도 되잖아요. 먹어본 게 없어서 앞으로 맛볼 음식도 더 많이 남아 있고요. 부모님보다 잘나가야 한다는 압박 속에 시달릴 필요도 없어요. 있는 그대로 오늘을 즐겨주기만 하면 되는 거예요.

재벌그룹 손자는
주식을 갖고 태어날 순 있어도,
죽을 때 가져가진 못해요.
확실한 건
그들도 죽음을 피할 방법이 없다는 거죠.
어느 순간 우리 모두 죽는다는 점에서
인생은 공평한 것 같아요.

벼랑 끝

벼랑 끝이 무서운 이유는
발아래 절벽의 아찔함보다
뒤에서 누가 밀지도 모른다는
걱정 때문입니다.

사람 사귐이
그렇습니다.

구글

지식이 많다고
지혜로운 것은 아닙니다.

구글이 그렇습니다.

지식은 정보를 통해 얻지만
지혜는 경험을 통해 배웁니다.

책상에서
0.1밀리미터 떨어지는 연습이
필요할 것 같습니다.

책상에 앉아만 있어서는
이번 생에 구글을
이길 수 없을 것 같아서요.

＋

＋

대학교 도서관은 24시간 불이 꺼지지 않아요. 지독하게 공부만 하면서 20대를 맞이했고, 이제는 그만하고 싶다 말하지만 사실은 제일 편한 게 공부라고 생각하는 것 같습니다. 취업이 안 되면 자격증 공부, 전공이 안 좋으면 공무원시험, 미래가 불안하면 로스쿨……. 도서관에 앉아 남들이 만들어놓은 기준에 맞추느라 단 하나도 내 마음대로 할 수 있는 게 없다는 사실이 서러울 따름입니다.

내가 좋아하는 일을 할지, 잘하는 일을 할지 20대는 늘 고민합니다. 내 아버지도 매일같이 말씀하셨어요. 자기가 좋아하는 일을 하려면 배고픔은 감수하라고 말이에요. 그래서 빨리 보여드리고 싶었어요. 내가 좋아하는 일을 해서, 밥 잘 먹고 잘 산다고! 걱정 안 하셔도 된다고! 아버지 앞에서 당당하게 외치고 싶었던 이 말 한마디를 왜 이토록 하기 힘든지……. 현실은 늘 돌부리만 놓아뒀지, 단 한 번도 내 등을 밀어줄 바람이 되지 않았습니다. 그런 현실 앞에서 주눅 들 때가 있었습니다.

사회라는 말과 늘 짝꿍을 이루는 말은 성공인 것 같습니다. 사회에 첫발을 내딛는 20대라면 누구나 '한 번쯤 사회에 나가서 번듯하게 성공해야지!'라고 다짐했을 겁니다. 그런데 요즘은 성공의 의미에 대해서 다시 생각해보는 중입니다.

성공이 과연 뭘까……. 사회에서 성공했다는 말은 돈을 많이 벌었다는 말과 같을 거예요. 실제로 나도 그렇게 생각했거든요. 자존심 센 성격 때문에 늘 어느 부분에서도 뒤지고 싶지 않았나 봐요. 일을 하면 제일 잘하고 싶고, 돈을 벌면 제일 많이 벌고 싶었어요.

요즘은 '그렇게 사는 게 과연 성공이고, 그런 삶이 행복할까?' 하는 의구심이 들어요. 돈 위에는 더 많은 돈이 있을 테고, 제일 많은 돈을 가져도 내 성격상 2등이 내 재산을 넘어설까 봐 또 걱정만 하고 있을 것 같거든요.

그래서 지식을 쌓아서 돈으로 바꾸려는 생각을 버렸어요. 조금 적게 벌어도, 강요된 시간 속에서 벗어나 내가 원하는 공부를 하고 싶어요. 그럴 수만 있다면 그 자체로 이미 행복인 것 같아요. 사실 지식이라는 게 '머릿속에 얼마나 많이 외워서 가지고 있느냐'이잖아요. 그건 나보다 알파고가 더 잘해요. 대신에 사는 동안 알파고가 습득할 수 없는 지혜를 가지고 싶어요. 하루에도 수많은 사건이 일어나지만 어떤 선택이 내게 행복일지 구분할 능력이 생기면 좋을 것 같거든요.

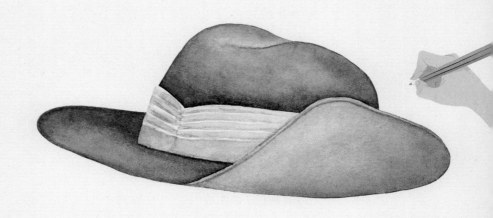

지식이라는 게
'머릿속에 얼마나 많이 외워서
가지고 있느냐'이잖아요.
그건 나보다 알파고가 더 잘해요.
대신에 사는 동안 알파고가 습득할 수 없는
지혜를 가지고 싶어요.

센 불

센 불에서 고기를 구우면
겉만 타고 속은 익지 않습니다.

사람도 마찬가지예요.

한발 앞선다고 해서
완성된 사람이 되는 건 아니에요.

느리더라도 겉과 속이 다르지 않게
때론 약불에, 때론 중불에 올려두고
쉽게 타지 않도록 다독여주세요.

한층 성숙해진 나를
발견할 수 있을 거예요.